鲍贝作品系列

转 山

鲍贝 著

图书在版编目（CIP）数据

转山 / 鲍贝著 . — 太原：北岳文艺出版社，2018.1（2023.6 重印）
ISBN 978-7-5378-5534-1

Ⅰ . ①转… Ⅱ . ①鲍… Ⅲ . ①中篇小说－小说集－中国－当代 Ⅳ . ① I247.5

中国版本图书馆 CIP 数据核字（2018）第 000915 号

书名：转山	策　　划：贾江涛	书籍设计：张永文
著者：鲍贝	责任编辑：续小强	责任印制：巩　璠

出版发行：山西出版传媒集团·北岳文艺出版社
地址：山西省太原市并州南路 57 号
邮编：030012
电话：0351-5628696（发行部）　0351-5628688（总编办）
传真：0351-5628680
网址：http://www.bywy.com
E-mail：bywycbs@163.com
经销商：新华书店
印刷装订：山西万佳印业有限公司

开本：787mm×1092mm　1/32
字数：115 千字
印张：8
版次：2018 年 1 月第 1 版
印次：2023 年 6 月山西第 3 次印刷
书号：ISBN 978-7-5378-5534-1
定价：58.00 元

本书版权为本社独家所有，未经本社同意不得转载、摘编或复制

鲍贝,摄于拉萨天堂旅行书店签售会　2017年9月2日

"致小考拉"

鲍贝 画作

三个扑朔迷离的故事,它们发生在天堂般的藏地,消逝于人间。

此刻有谁在世上某处走　1

带我去天堂　75

转山　161

此刻有谁在世上某处走

1

我把一大束勿忘我插进一只陶罐里。最近发现用这种质朴的陶罐插花很好看，比起透明的玻璃花瓶更有质感，别有一番田园风味，尤其用来插这些粉紫色的小碎花。拧亮台灯，顺手把天棚上的顶灯熄灭，夜晚已睡意蒙眬，不需要过于强烈的光亮。

一壶老白茶刚刚煮好。花香、书香和茶的暖香交织浮动，若有若无。书桌上电脑开着，小说写了一半，故事里几个人物一直在脑海里晃荡，晃荡来晃荡去，晃出来千头万绪，却又毫无头绪，不知道下一步该怎么写。正绞尽脑汁思考，手机响了一下，是有人想加微信。

在请求通过的验证栏里写着："你好，我是《观我生》

的主人公。"

半夜居然还会有这种事发生？纳闷又好奇，摁下"接受"键，夜晚忽然变得有些诡异，甚至有些惊悚。

《观我生》是我在五年前写的一部长篇小说。小说中的主人公被我写死了，死于自杀。可是，此时此刻，他却突然出现在微信中，仿佛阴魂不散、百转千回之后又找上门来——

"你好，是天葬把你的微信号给了我。"

"啊，你好，是吗？"这深更半夜的，真吓人，几乎有点语无伦次了，"我该怎么称呼你呢？"

"泽郎。"

"泽郎，你好，我叫鲍贝。"

"我知道你，鲍贝，女作家，喜欢走世界。"

"你看过小说了？"

"还没有，是听天葬说的，他说把我的故事讲给你听了，然后，你把那个故事写成小说出书了。是吗？"

"是的。不过，小说里的故事情节都是虚构的，因此，小说中的'你'其实已不是你，你只是故事最初的一个原型。"

"原型？那也是我呀。"

"应该这么说，是你的故事启发了我。"

"能否满足我一个请求？"

"请说。"

"可否寄本小说给我，签上你的名字，也签上我的，可以吗？"

"当然，当然可以！"

"太好了！我想看看你是怎么写我的。"

"是这样，泽郎，由于小说情节的推动，最后把你给写死了，不，不，我是说，把小说里的那个'你'给写死了，不是现实中的你，请你千万别对号入座。小说都是虚构的。"

"没事没事，人最后总要死的嘛，谁会在这个世界上永垂不朽？"他在这句话的后面特意加上了一个笑脸符号，表示他根本不介意我在最后是把他给写死了，还是写活了。他只是对内容充满好奇。这种好奇也是人之常情，完全可以理解。

就如五年前的那个冬天，也是因为好奇，我才会写下这个故事。想起来，五年前的那场旅行，也是阴差阳错，我经过拉萨，到尼泊尔，最后到达不丹。途中遇到天葬涅槃，"天葬涅槃"是他的微信网名，泽郎可能打不出"涅槃"两个字，或者嫌麻烦，直接就省略成"天葬"了。如果没记错的话，天葬涅槃的真名应该叫利嘉则仁，是个读过很多书的藏族小伙，在北京工作。知道我经常行走西藏，便自然而然地跟我讲起他朋友的爱情故事，故事发生之前，他的朋友是个喇嘛——

"喇嘛是在二十五岁的时候，遇到一个比他大几岁的北京女孩。两人相遇并相爱了。这两个人，一个是从小在寺庙里修行的喇嘛，一个是来自北京城的开放女子，他们把人世间最无可能的事情变成了可能。不管世俗的眼光，也不管佛门的戒律，爱得死去活来、爱得刻骨铭心、爱得诚惶诚恐、爱得天崩地裂，爱到背叛宗教，最后连信仰都变了。最后，喇嘛为了爱情还了俗，彻底离开佛门净地，跟着女孩到了北京。他从一个佛世界迅速坠入俗世间的过程惊心动魄，但很快发现自己根本没办法适应都市生活，除了念经，什么都不会。面对喧嚣而又高科技发展中的现代生活，他几乎连日常生活都难以自理。步入红尘的他，就是个一无所知的废物。爱情毕竟不能当饭吃。女孩很快就把他给甩了。在北京，喇嘛一个人举目无亲，被抛弃在茫茫人海里……"

这就是天葬涅槃对我讲述的全部内容，他并没有提供其他任何细节和更多的场景，当时连他朋友的名字都是隐去的。

虽然，我对这个喇嘛的爱情充满好奇，但真正让我震撼并促使我写下这个故事的原因，并非那场爱情。爱情没什么好说的。爱情只是一场致幻。就如梦境。作为一个喇嘛、一个虔诚的佛教圣徒，为一场爱情他放弃修行，成了宗教的背叛者，成为一个现世罪人，最终又被爱情抛弃……当然，我并不想对此做出任何是非对错的评价，更无意于谈论宗教。真正击中我的是这个毫无生活能力的喇嘛。连最后的一根救命稻草也失去之后，他将如何获得重生？他又靠什么来支撑着顽强地活下去？

想到那个喇嘛是否能够劫后重生，又该如何独自一人去面对这个世界时，我的内心充满荒凉和苍茫。可以这么说，他和我们身处的这个现实世界毫无关系，也正是因为他与这个现实世界毫无关系，恰恰就是与这个现实世界最有魅力的一种关系——至少作为一个写作者的我是这么认为的。

通过他，我看见孤独、纯真、挣扎、欲望、荒凉、悲绝、坚强、冷酷、成长、轮回、迷失、救赎和自我救赎等。这些原本沉寂在生命中的许多词汇，开始在我心里交织浮动，并被某种遥远而神秘的声音唤醒。一个生下来就被送进佛门去修行的生命，他本不应该存在于这个兵荒马乱的现实世界中。然而，命运却偏偏将他抛置于此。就像进行一场穿越幽暗森林的孤独的冒险。而对于我来说，要鼓起勇气去写这部小说，也像是进行一场穿越幽暗森林的冒险。虽然我并不了解他的生活状态，更不了解他的内心世界，我仍然抗拒不了去尝试书写此种冒险所赋予我的隐蔽的快乐与冲动。

从不丹回来之后，我便以这个故事为原型，花了差不多一年时间，写成了一部十多万字的长篇小说《观我生》，2013年由北岳文艺出版社出版，2015年以精装本形式再版。2016年，我又把这个故事改写成了一个中篇小说《带我去天堂》，发表在《星火》第四期。

为了书写方便，把故事发生的地点北京换成了杭州，杭州是我居住的城市，写起来比较顺手。至于安排主人公从拉萨出发,途经尼泊尔,最后到达不丹虎穴寺去跳崖自杀所选的这条路线,正是我在旅行中走过的那条路。因此,书中所提到的路线和地名几乎都是真实的。每一条路,每一家酒店、餐馆和咖啡馆的名字也都真实可寻。有个姐妹带着我的书去尼泊尔,按照书中所提供的路线,很顺利地找到了我曾经去过的某家咖啡馆,并在咖啡馆里连同我的书拍了张照片发在微信上。当然,也会有路线属实而店名虚构的部分。比如在杭州的某位朋友看完小说之后,居然根据小说里描摹的地址,去西湖边找那家虚构的"梅茶馆",绕来绕去,却怎么也找不到。

这就是写小说的好玩之处,假作真时真亦假,无为有处有还无。

回到小说的主人公,就是这个深夜突然出现在我微信里的泽郎,神秘又诡异,仿佛从天而降,又有点空穴来风。他无缘无故的出现让我想起里尔克在《严重时刻》里所状描的几句诗:

此刻有谁在世上某处走,
无缘无故在世上走,

走向我。

这个"无缘无故在世上走"的人,是他,也是我,或者,也是所有人。要不是我在五年前"无缘无故"走到不丹去听来这个故事,并把它写出来,这个叫泽郎的人,此刻就不会"无缘无故"地走向我。如果仅仅是来索要一本书,那倒没什么,可是,我总有点担心,会不会发生些别的什么事儿。

怎么说呢,小说的主人公是他,但也不是他。小说里所有状描的细节和经历,都和现在的泽郎毫无关系,都是经过虚构想象出来的。但我又不得不承认,这个小说的源头却是因他和他的故事而起。

生活总会有惊奇和意外突然而至。直到现在,我仍然会孩子气地觉得生活总在前面,就在前面的某处准备给我一个惊奇或者某种意外。而生活确实也常常如此。就如这个夜晚,泽郎的出现就是一份惊奇。

然而惊奇并非惊喜。倒有点让我心生不安和惶然。为什么不安,却又说不清楚。直觉告诉我这并不是一件令人喜悦的好事。也许是我过于敏感。出于一种本能的反应，我向泽郎再次解释：

"小说都是虚构的，务必请你不要对号入座。小说是小说，现实是现实。两者之间千万不可混淆在一起。"

"明白明白，我明白的……"感觉得出来，泽郎已经很不耐烦。我也觉得自己强调得有点过了，不就是一个虚构的小说嘛，又不是纪实，谁会介意你最后是把主人公给写死了还是写活了。我不再解释，岔开话题——

"明天寄你书，地址？"

"四川红原金珠小区。"

"没房号，能收到？"

"能。地方小。"

对话至此，差不多就该结束了。我随手记下这个地址，心中仍有好奇。我到过藏区很多地方，却并不知道有个地方叫红原。应该是座县城，也不知道他在红原县干什么，过着什么样的生活。于是又忍不住问他：

"你家住红原？还是在那儿工作？"

"我开了个小酒吧，在红原。"

"不错，有机会去你酒吧坐坐。"

"非常欢迎！你到红原县，找泽郎酒吧，随便找个人问下就知道,就在红原路上。小地方,好找,到时候,让我陪你喝一杯!"

"好,庆祝你重生。"我安静地打着字,心里却有点蒙,盯着手机屏幕好一会,从喇嘛到酒吧老板的身份切换,似乎有点戏剧化,很魔幻,我需要稍稍调整和消化一会。

"你在哪儿?"他问我。

"杭州。"

"哦,没去过。"

"有空过来玩。"

"非常感谢,有机会去。"他又在句子后面加了个笑脸符号,紧跟着又发过来一句:

"我还有很多故事,你都可以写,有机会我讲给你听。"

"你们都是传奇。"我也发过去一个笑脸。

"不传奇,但调皮。"

他说的"调皮",应该是指"有趣",或者"有点意思"的意思。想起来他在寺院里当喇嘛的时候说的都是藏语,汉语应该是他去北京之后才开始学的。

"你的汉语不错。"

"不行。还要学习。"

"已经很好了!"

"要是有你一样的才华,我也会把自己的故事都写出来,分享给大家看。"

"你的文字表达已没有任何问题。"

"谢谢,这是很大的鼓励。"

这样的对话,因其简略而妙趣横生。就像一个外国人在说汉语,有点生硬,但酷酷的。

不同的民族、不同的信仰,以及他原先奇特的身份和经历,使得他在我心里始终有点神秘而遥远的感觉。而此刻,我们相隔着遥远的时空,居然通过微信在你一句我一句地发生着对话,这种感觉真的很虚幻。

已过零点。铁壶里的水又烧开了,不断发出扑哧扑哧沸腾的声音。我关掉烧水键,电源指示灯灭掉之后,水开的声音才慢慢变弱。

泽郎又发过来一句:"来了几位朋友,我要去陪他们喝酒了。"

"好。"

"真希望你也能过来,就坐在我的小酒吧里,一起喝酒说话,多好!"

"下次一定去。回头再聊。"

"好,再聊。"

放下手机,不再看微信。茶已淡至无味,夜静了下来。我又回到自己。想着是应该换茶呢,还是干脆泡杯咖啡。我的夜晚从零点开始,得为自己提提神,开始写新小说。

我为自己泡了一大杯卡莎咖啡,它绵密浓郁,强度指数12,有着非凡的烈性和强劲,犹如酒中白烧,味道醇厚辛辣。每次只要喝上一杯,便可清醒至天亮,大脑几乎能够整夜保持在活跃状态。最近写小说的这些夜晚,对自己有点狠。可以这么说,在深夜里喝大杯浓咖啡,是一个女人用来自毁自残的最佳配方,也是能够让我保持最好写作状态的良药。

2

书寄出后,我便把泽郎这个人抛至脑后,本来就素昧平生,那夜从天而降在微信中现身之后,我仍然不知道他长什么样,完全形同虚构。就如我每次呕心沥血地写完一部小说,就彻底摆脱了那个故事。我创作的激情和兴奋点永远都只停留在书写期间或还未完成的下一部。对于已经付印流入市场的小说,几乎都不愿意去重读,那会让我疲惫。

然而写作经年,虚构的人物无数,连自己都数不清,也记不清了。还从未碰到过小说中的主人公哪天会突然找上门来的。

唯独泽郎。泽郎是个意外。这个意外,原本以为在那个深夜找上门来相互牵扯一通便也罢了。给他寄书，不过是出于一种礼貌。如若不寄，也不会有多大关系。他若出于好奇，非要看这本书，也是轻而易举的事，只要通过天葬涅槃，或者，直接去书店购买一本即可。

但是，恰恰是我寄给了他书。通过寄书，又加了微信，一个写作者和书中主人公的友谊便微妙而牢固地建立起来了。平时通过微信的联系便成了彼此之间的家常便饭。

有个深夜，他又突然发信来——

"你好！"

"你好。"

"在写小说？"

"没有。"

"那你在干什么？"

"看书。"

"什么书？"

……

我无语。心里有些抵触，很反感这种对话，尤其在两个并不熟知的人之间，难道我还需要去告诉对方我正在看什么书、做什么事，这跟他又有什么关系？我认为他一定是在百无聊赖中随便想找个人来闲扯解闷。我可不愿意去配合他的无聊。

我没回复，接着看书。还没看几行，又有一条新的微信：

"我在看你的书，《观我生》，看到第二章了。此刻我正在尼泊尔。"

我不得不做出回应："你去尼泊尔了？"

话一问出，便知中计。小说总共就四章，按地名进行分块——第一章：拉萨；第二章：尼泊尔；第三章：不丹；第四章：杭州。他说他看到第二章，也就是说主人公已经到了尼泊尔。看来，他是铁定把自己当成那个主人公了。

"是，"他果断回复，"我在尼泊尔，你也在，我们在一起，此刻我俩就在那个旅馆房间里。我在房间躺着休息，而你在浴室里洗澡，洗完澡你是穿着白色睡裙走出来的，我知道你还有蓝色的和红色的睡裙，你写睡裙那段文字太美、太性感。我想你穿上它们也一定很美、很性感……但是，你怎么就把我写睡着了？我怎么会睡着呢！我想，这种时刻男人一般都不会睡着的，反正，我是绝对不会睡着的。"

天哪！我的手指划过这些文字，身上一阵鸡皮疙瘩。我必须纠正他这么臆想下去。

"那都是虚构出来的人物，'你'并不是现实中的你，'我'也并非现实中的我，那都是小说里的人物。我不过用了第一人称来写。"

"知道是你虚构的。我在你书里有两个名字，一个叫贡布，另一个叫 Frank，两个名字我都喜欢。你在书里的名字是古若梅，很有意思。这些，你都不用多解释，我都知道的。"

我无语，说不清楚了，不想再回复。把手机扔开，合上看了一半的书本，离开书桌。

身后的书架上全是密密麻麻的小说书籍，古代的、现代的，国外的和国内的，还有一些是我自己写的小说，我的目光停留在《观我生》这本书上，然后，把它从书架上抽出来。翻开。翻到第二章：尼泊尔。

很快，便找到了泽郎说的那段关于睡裙的文字：

梦里的那条蓝色长裙，随着梦的消逝而消失了。我的箱子里,根本没有一条深蓝色连衣裙。昨晚冲完澡睡觉,套在身上的是一条白色睡裙。是柔软的棉布料子,长袖,圆领,极保守的一种款式。要不是它的过于宽松和镶在领口的那圈蕾丝白色小花边,让它看上去像条睡裙,完全可以把它当成普通的连衣裙穿出去。除了这条白色睡裙,我还带着一条红色丝绸睡裙,是法国一位内衣设计师最得意的作品。优雅、慵懒、性感和激情,是它的象征。那位设计师的理念是:满足所有对美好事物有着疯狂迷恋的女性。

  一直以来,我好像并未疯狂迷恋过任何事物。这个世界在我眼里总是淡的、冷的。现实生活中的我,本能地拒绝过于浓烈的事物和情感。而这条红色的丝绸睡裙,我在巴黎香榭丽舍大街的内衣店里突然邂逅到它。我承认,在那个瞬间,它像一团火一样将我迅速点燃。我毫不犹豫地买下它。出于一种女人的天性。我模糊地相信着,在未来遥远的某个时刻,穿它在身上,是必须会发生的一件事情。

  几乎每一次的旅行,我都要带着它。把它压在所有衣物的最下面,塞在箱子最隐秘的地方。可是,我从没有在旅途中穿过它。一次都没有。从买下它至今，我只试穿过一次，就是在巴黎那家内衣店的更衣室里。我站在落地镜子前，褪去所有现实中的服饰，换上这条睡裙。我简直不相信自己的眼睛。轻薄华丽的丝绸紧贴着我的身体。我看见镜子里的那个自己，竟然如此轻盈性感，有着迷人的欲遮还休的风情。记得那天，我一个人，揣着那件红睡裙走回去的路上，一直深陷于一种自我陶醉般的满足和莫名的忧伤中。我经过凯旋门，经过巴黎铁塔。风吹乱我的长发，拂过我的脸庞，轻柔而温暖，犹如一双饱经沧桑却又充满爱情的手……

重读五年前写下的这些文字，并没觉得有什么异样。当时写下这部小说，也属正常。但谁又能想到，会引来泽郎这么个一根筋搭牢硬把自己当成主人公，并把小说中所有细节都往自己身上套的神经病，真是件令人头疼的麻烦事儿。

他现在才看到第二章，要是看到第三章的不丹和第四章杭州那段，里面有关于男女主人公的性爱片段，那还了得？！

还有，他最后是被我写死掉的人，他果真不会介意吗？要是他介意，然后不屈不挠地来找我算账……想到这儿，我都心惊胆战了！

忽然问自己，小说家到底是个什么玩意儿？每天吃饱了撑着似的捕风捉影、抓住一个偶尔进入内心的故事片段或一个被感动的瞬间，便开始进行虚构、杜撰，编造故事，写出一种叫小说的东西供人消遣。在编排故事的时候为所欲为、痛快淋漓，敲打键盘的手就像上帝的手，极权在握、呼风唤雨，可以任意又任性地安排小说中的人物谁可以继续活下去，谁好去死了……好吧，此刻遭报应了！被我写疯写到失魂落魄直至写死去的人，现在附了魂魄返回人间来找我了。

泽郎就是个阴魂不散的人。我已经被他搞得有点阴郁了。重新坐回书桌旁，手机在桌上响了好几遍，微信提示："您有5条未读信息"。

不用看，我也知道是泽郎。深更半夜地，除了他，还会有谁？我决定不回复。但还是好奇，打开微信，去看他发的内容：

"有一个地方特别佩服你，我们没见过面，你居然知道我脖子上戴一条绿松石项链,还知道这是我的护身符。嘿,它真是我的护身符。以前修行时戴着,还俗后也戴,此刻我还戴着它呢。"

"你想不想看看这条绿松石,是否就是你想象中的那条?我可以拍一张发你。"

"对了,你想知道我长什么样子吗?如果你想看,我手机里就有照片,过去的和现在的都有存着。"

"小说里好像一直没有描写我外貌特征的文字,都不知道你想象中的我是什么样子的,你想象中的我帅吗?是否很高大威猛?嘿嘿,女人一般都喜欢又帅又高大的男人。"

"你在吗?那我先看书了,你忙完回复我。"

"嘿,你在吗?"

……

你在吗?

你是谁?

我又是谁?

他问的那个"你",到底是现实中的我,还是小说中的"我"?我有点崩溃。此刻的我,明明坐在自己最熟悉的书房，却无端端地感觉自己像是坐在虚构的小说世界里。

不，比小说更像小说。

"在。"

手指一动，我又回复他了。

大多数读者包括我看别人写的小说，都会去想象小说中的人物大概长什么模样。我闭上眼睛，想象我看过的作品中以及我自己写下的每一个人物，他们蜂拥而至，面目清晰，却又模糊不清，我仿佛看见他们，却又不能够说出他们。

比如，以泽郎为原型写的《观我生》里的主人公贡布，他在我为期一年的写作时间里，几乎与我朝夕相伴，很多时候我的文字描写完全是被他推着走，而不是受我所控。另外小说中的"我"，也有着与我本人相暗合的性情，他们的音容笑貌与神情在我心里都是一清二楚的，但我仍然无法具体到画像一样地去画出他们。虽然在长期的写作中，小说家所做的事情就是为想象中的人物画像，这里的人物包括想象中的他人和想象中的自己。但需要用想象去描摹出来的却是逼近人物内心与灵魂的文字,而不是外部相貌。

有个朋友在看完第三遍《观我生》之后,找我喝咖啡。我们俩坐在西湖边的一家咖啡馆里,窗外是传说中的断桥,细雨纷飞,梧桐叶到处飘,天空阴沉灰暗,其实多半是霾让天空变灰变暗,而非雨雾。我们喝着咖啡,聊着小说里的人物,有点雾里看花,就像看着窗外的烟雨西湖。

我不说还好,说来说去把她想象中的人物说到变了形,她有点受不了。她说她想象中的那个人,可不是这样的!但到底是怎样的,她自己也说不清楚。她被好奇心缠绕,知道这个故事是有原型的,非要看原型的照片。

还有个在拉萨的朋友叫小雅,她看完这个小说,整夜睡不着觉。第二天推荐给她身边的另一个朋友立言看。立言看完一遍,又看了一遍,也睡不着。某个晚上,她抱着书找到小雅。说是还书,其实是想聚在一起说说小说里的那个主人公。那个叫贡布的喇嘛,使得她们坐立不安,彻夜恐惧,她们是被吓着了。

那晚她俩挤在一张床上睡,越聊越恐怖,就给我发微信,问我真的有这样的喇嘛吗,他所有的经历都是真的吗？

小雅和立言，她们身居拉萨，天天会在大街上碰到喇嘛。现在的她们都不敢多看他们，说是对这种身穿僧袍的喇嘛都有心理阴影了。我是可以理解她们的。她们年轻单纯，又都是虔诚的佛教信徒，尤其在圣城，喇嘛差不多就是神和信仰的化身。可是，我在小说里却把她们以往对喇嘛的这种身份认知完全给颠覆了。

我只有努力劝慰她们："小说是虚构的，别当真。"

她们回复我："虚构又不是撒谎，它只是你们小说家用来表达经验和重构世界的工具。"

我无言以对。她们比我深刻。

在这个深夜，我也像一个被好奇心驱使的读者，突然就想知道被我虚构的那个人，他到底长啥样？

微信一直没有动静。我想泽郎可能睡着了，或者看书看入了迷，忘了还有微信这件事。

夜晚又到零点，每次在这个临界时刻，我要开始纠结，喝茶呢还是喝咖啡？

还是为自己选了咖啡。咖啡散发出来的浓香让整个书房都弥漫着温暖的气息，而我置身其中。全世界安静下来,思绪开始纷飞,某些细节在我眼前舞动、活跃、纷至沓来。

我在写一个关于鱼的故事。我发现在写这条鱼的时候,其实也是在写人,写我自己。描摹鱼的委屈、愤怒、无奈和爱恨情仇,也都是我们人的情感。鱼生活在海洋里。在我肉眼看不到和我经验够不着的地方,我允许自己用想象的翅膀飞起来,用文字进入虚构。

咖啡续了又续。这是一个"人鱼合一"的夜晚,我一直写,一直写,直至凌晨天光渐亮,世界正从沉睡中清醒过来,而我却脑门发热,头部注满了铅似的从激情澎湃的虚构世界中抽身而退,就如结束一场爱情长跑之后的虚脱,满身疲惫而凌乱。收拾自己的最好办法,是立刻上床睡觉。

手机一直处于静音,后半夜开始就没碰过它一下。准备睡觉之前,又习惯性地看了下屏幕。不看没事,一看吓我一跳。

阴魂不散的泽郎,居然也没睡。他看书看到天亮,微信发到天亮。这些微信有的间隔几分钟,有的间隔半小时,最后一条发送时间是在两分钟之前:

"我失眠了。整夜睡不着。我已看完第三章。此刻我在不丹。你也在。你和我共处一室的情节看得我心惊肉跳，紧张得汗都流出来了！我现在浑身发热，喘不过气来。我们一路上居然发生那么多事情，仿佛都是我在亲力亲为。我知道所有情节都是你虚构的，但对我来说，这些经历比我在现实生活中发生的任何事情都要真实，它们让我着魔，也让我着迷。"

他看个虚构的小说就这般心惊肉跳、又紧张又窒息。此刻的我却是在现实生活中要去面对这么个大活宝，我才心惊肉跳、又紧张又窒息呢！睡意全被他赶跑了。身体疲软着躺在床上一动不动，脑海里却在万马奔腾、思潮翻涌。这样下去如何是好？再看他之前发的几条信息，更是被他搅得心神不宁、尴尬至死。

"原来两个人的性爱可以这么美妙，美到极致，就如佛光普照，灵魂升入天堂。"

"在你的小说中，我居然还有个还俗之前的名字叫哈姆，现在我有三个名字了，贡布、Frank、哈姆，好幸福。可是，你后来写的这一段话，让我好难过。"

……我就在他身边。我们那么近,我们又那么远。身体紧密地粘合在一起,而灵魂却早已飞越千山万水。我们只不过借彼此的身体,将自己点燃,然后各自表述,各自完成。身体完成了我们的爱恋与欲望。他爱的人不是我,我爱着的那个人,至今下落不明,但绝对不会是Frank,不会是贡布,更不会是哈姆。

我们都无力推开命运的流离失所和生离死别。既然如此,那么,一晌贪欢又有什么不对?它至少还证明我们与这个世界与我们的此刻,还是粘连的,仍有着丝丝缕缕的牵引。我们从未孤绝。

当然,这也不过是狡辩,为这件不应该发生却已然发生的事情找个理由。但,我要拿这个理由何用?是为将来回忆的时候有个托词吗?……

"你的意思是,我们虽然做爱了,但其实并不相爱,对吗?"

"如果世上真有这么美的爱情,这么美的性,这么美的女人,我真的愿意为她去死。"

"我翻看了你发在朋友圈的所有微信,里面有好多你的照片,每一张我都喜欢。照片上的你和小说里的你,在我心里是吻合的。"

"你写我们在床上的那几段,好疯狂,我反复读、反复品。这些文字让我晕眩,心跳加速。这是从来没有过的感觉,很神奇。"

"嗨!你终于穿上了那条红睡裙,是穿给我看的!不信你自己看,在第137页最后。"

……

崩溃,这也太像小说了!比我虚构的小说还要离奇一万倍。我开始有点后悔寄书给他。如果他是在书店或别处买到书,至少不会直接找我抒情,他独个儿去想象、去意淫、去天马行空……都跟我没关系。可现在这个局面,让我很是尴尬,不知该如何收场。他抱着小说意淫了一个通宵,我想他一定被纷纷而至的情欲给点燃,并被烧得通体发热。让他自行冷却去,我懒得去做扑火工作。

我决定不回复。

关机睡觉前,还是没忍住好奇心,翻开书本第137页。事隔五年,我都忘了在不丹那个章节里,我还虚构过一条红睡裙。

我终于在这个夜晚,穿上了这条红睡裙,轻薄华丽的丝绸紧贴着我的身体。它与这个浓烈的充满爱情的夜晚如此吻合,我的身心变得无比轻盈。我想让今晚的这个男人,看见我穿上红睡裙的模样。今晚,我是他的新娘。

……忽然酥油灯落了地,光亮瞬间消失。他控制不住地抱起我,凶猛的吻,像雨点一样落在我的红睡裙上。我的身体被贡布使劲压着。他有一股蛮横的劲道,似乎欲将我碾成粉碎。我有些眩晕,想放弃一切追问,就这样死于宿醉……

赶紧打住。看不下去了。如果这些激情描写的文字都要拿来往自己身上套,整本书里应该还有更多热血沸腾的段落……那,这个叫泽郎的男人他还想活不想活?

不管他了。睡觉。但愿梦里风轻云淡,安然无事。

3

事实上在梦里也不得安宁。醒来时，梦已飘忽得不知所终。依稀还能够记得有人送来一束鲜花，我却始终看不清他的真面目。我并不知道，他来时是坐车还是步行，去时却见他骑上马绝尘而去，只记住了他的背影，当然，对于那个背影的记忆也是极其模糊的，还得靠想象去做些填充。

这是一件很让我困惑的事情。我好像从没做过这样的梦。我是在天蒙蒙亮时睡下去的，下午三点醒来，也就是说，这个梦整整做了一个白天。白天做的梦，被称之为"白日梦"。据说白日梦是永远也实现不了的，做了也白做。

起床，刷牙洗脸梳头下楼到厨房里去找吃的。下楼梯的时候感觉自己像在飘。睡裙太长，裙摆拖在楼梯地板上酥软无力，我的两条腿和整个人的骨架也是酥软无力的，像是另一种疲累。

咖啡在咖啡机上煮着，面包在烤面包机上烤着，牛奶最快，倒进杯子里微波炉转上一分钟就好，但我的胃拒绝空腹喝牛奶，只好耐心等着烤面包。世界上再也没有比我吃得更简单的人了。一个人在家，不管中饭还是晚餐，几乎顿顿都跟早餐一样解决，简单、方便、快速完成。

吃完面包喝完牛奶，咖啡也煮好了。我端着咖啡杯去阳台呼吸新鲜空气，花园里鸟语花香，可惜不见蓝天白云。下午三四点的阳光过早地显出它的软弱无力，霾占领了整个天空，阳光仿佛虚晃一下便遁形而去。眼前尽是灰暗。白天又快接近尾声。不过也没关系，再过两小时，灯光便可以亮起来。对于把自己关起门来写作的人，最需要的就是灯光和电脑。阳光和外面的世界暂时跟我不发生任何关系。

喝完咖啡，回到书房，回到我的电脑前，准备接着写昨天未写完的故事。书桌边上有个炉子,铁壶里的水烧起来,很快就可以泡上自己喜欢的茶。

当我喝上第一口茶的时候,心会安静下来,写作的一天才算正式开始。

这一天,原本是个极平常又正常的日子,直至我手机里的微信出现新的信息。真是万恶的微信啊,让我现在想起,依然心有余悸。是谁在这个世上发明了手机又创造了微信,把自己关在房间里也不得安生。

发过来的先是一张图片,点开,吓得我差点惊叫失声!

一个身穿绛红色僧袍的喇嘛笔挺挺地躺在板床上,赤脚,光头;身体是横着的,照片上只看得清半边脸部,眼睛和嘴唇全都紧闭着……那是一个死去的人,不,是一具尸体!

难道这人就是泽郎?泽郎死了?死了的泽郎又通过自己的微信发给我他自己死去的照片?

手机躺在左手心,右手指僵在手机上方,仿佛我的双手就抱着那个人,或者那具尸体。我的心怦怦直跳,既恐惧又惊疑,怔蒙了好一会。

新的微信又进来：

"别害怕！那个不是我。"

"请你以后别再开这种玩笑，你这是恶作剧！"我狠狠回复。

"对不起，但从宗教意义上说，生死轮回也没什么好怕的。"

"别跟我谈什么宗教和轮回，我没兴趣。"

"你生气了？"

我没理他。

过了一会，信息又进来：

"结局真糟糕，原来我是这么死的。"

"这只是小说的结局，那不是你。"

"我明白。我还是很不安，有很多担忧和害怕。"

"你还是个佛教徒呢。"我有点烦，忍不住想嘲讽他一下。

"我早已还了俗，与你一样生活在这个俗世上，这你知道的。"

"好好活着，别无事生非。"

"我今年正好三十九。"

"什么意思？"

"在我们这儿有个风俗，在他的生命中，每逢九必会出现一个坎，需要得到高人指点或神的化解方能平安度过。在你小说里我死于四十岁。再过三个月就是我四十岁生日。总之，感觉我已离死期不远。"

"那不过是个巧合！"有这么个逻辑来推理人的生死的吗？我哭笑不得，但又不能置之不理。

"怎会有这么巧的巧合？这一定是冥冥中注定了的，为什么这个事不早也不晚，恰巧在这个时候让我知道，这难道不是一个提醒？既然冥冥中给了我这个提醒，那么结局应该还可以来得及更改。可我一点头绪也没有，不知道如何去改变我的命运。"

"谁能具备可以去任意改变和编排自己命运的能力？你别迷信了，再次请求你别当真，那不过是虚构的。再说那个小说写于五年前，你想想，就算你在四十岁死去，那也是五年前的四十岁，跟你现在的四十岁有何关系？完全搞不到一块去的。况且现实生活中的你，不活得好好的嘛，硬要去扯出这些无中生有的理论来吓唬自己干什么？"

真是绕啊,打出这些文字,我自己都觉得自己也跟着对方在神神道道地说些莫名其妙的话,真是活见鬼了。

他锲而不舍:

"你相信预言吗?五年前的我才三十五岁,还没到四十当然不会死,再过三个月我就走到那个节点上了,这个节点就是一个坎,能过不过得去这个坎,我一无所知,但命运已给了我这个提醒,你说我能不紧张?"

我被他传染了,也紧张起来。虽然没有跟他面对面,但通过这些文字,还是能感受得到他极度的恐慌和不安。使劲想,怎样才能去说服他,帮他克服这种莫须有的不安,彻底驱走他的心理阴影。但又觉得在他这份近乎偏执的恐慌面前,好像说什么都无济于事。不理他又不行。生死是大事。你总不能置一个人的生死于不顾。

问题是,我又如何顾得了?

站在泽郎的角度去想,是我的小说给了他一个命运的启示和提醒,或者说,是冥冥中的一个诅咒。无论是诅咒也好,提醒也罢,都如驱之不去的阴影一般笼罩着他不得安生。除非等到他平安度过四十岁生日,他才有可能松一口气。问题是,他该如何度过眼前这三个月?

九十个白天和夜晚，每一个日子都将在他的忐忑不安中变得无比恐惧而漫长。

下午开始到深夜，我没写一个字。手指打着字，心里有略微的不耐烦和无可奈何。好几次，都想狠狠心拒绝再聊下去，但终究还是克制住了。这件事对我来说毫无意义，我压根就不信那些。但对一个把所谓的预言和命运的巧合相信到骨髓里去的人来说，却是一件生死大事。就如同还俗之前的他，对于宗教信仰的坚信不疑。

后来我干脆把电脑也关上了，一直盯着手机，用微信聊天一直持续到后半夜。我们通过微信谈人生、谈命运、谈信仰、谈因果、谈生死轮回。

我知道谈人生改变不了人生，谈命运改变不了命运，谈信仰也改变不了信仰……但，还是要谈。

这是一场深刻而全面的交谈，直抵伟大却虚无的真理。

看过一部电影叫《无间道》，里面有一句经典台词："出来混，迟早是要还的。"在那个你死我活的丛林世界中，这是一条中立、冷酷、无情的规则，另外，从因果上来说，"还"也是命中注定的事，不管你以何种方式"还",或者,被注入何种内容去"还"。

写小说这么些年,在虚构故事的时候,我在电脑键盘上天马行空、为所欲为,像上帝一样任意编排着人物的命运和生死。这种挥笔豪迈、快意酣畅的感觉我想每一个写作者都曾经拥有过,都很享受。好吧,享受的时刻你尽情享受。现在事儿来了。

经过你想象或者虚构的人物终于找上门来了。找上你的那个人,无论他跟你有没有关系不重要,重要的是你们之间必然有因果。有什么样的果,必然就有什么样的因。事出必有因。命运中的因缘巧合,你看不见,但它存在着。或许从法律意义上来说,这个叫泽郎的人,他跟我毫无关系,但他就是出现了。以一个小说原型的身份,外揣一份你写的结局让其陷入恐慌的理由,你就得担负起开导和劝慰的责任,如同欠债还钱般天经地义。不然,万一他出什么事,虽然从法律上你不用去承担任何责任,但在良心上,你总是会过意不去,会受到自我谴责。

就在我们谈人生、谈命运、谈信仰和生死轮回的同时,我仍不忘做出努力,试图去开导他。或许,奇迹会出现,或许他突然就从我的哪句话或哪一件事中得到某个启迪,瞬间顿悟了呢!

我问他:

"你去过尼泊尔吗?"

"没去过。我只到过印度,那时候没护照,也是偷跑过去的,后来被发现,进去了两年。"

"怎么就想到跑去印度?"

"绝望。没地方可去。从印度边境过去很方便。但到那边才发现,根本没办法生活。我汉语、英语都不好,工作不好找,也没个认识的人。想回来学语言,结果被抓了起来。"

"当时就没想过要在北京待下去?"

"在北京的日子生不如死,只想分分钟逃走。"

"理解。"

"那时候的我每分钟都在生死线上苦苦挣扎,你不会理解的。"

"也是。那你有没想过回寺庙去?"

"回不去的。"

"是回不去,还是不想回去?"

"两个都有。还了俗就不能回去,寺院里有规定。"

"你到过不丹吗?"

"除了印度,哪都没去过,跟你说了,我没护照的。"

"对了,你去的是印度。小说中我写的贡布,去的是尼泊尔和不丹,你和他出国去的初衷和使命也完全不同。因此,你是你,他是他,你们根本就不是一个人。"

"怎么到此刻你还这么说话?哄小孩似的。我知道小说情节是虚构的,我只是个原型,你写我去印度、去尼泊尔、去不丹,或者去别的地方又有什么关系呢?就像你把我发生故事的地点从北京搬到了杭州,难道故事就不是我的了?我也从没去过杭州呢。听说杭州是天堂,很想哪天去看看,你会欢迎吗?"

我的苦口婆心、谆谆诱导再一次惨遭失败。除了继续陪他聊天,缓解他的恐慌感,我已束手无策。

"当然欢迎,有机会来吧。"

"你会陪我去西湖吗?"

"可以。"

"西湖边有座山叫玉皇山?"

"对。"

"玉皇山脚下你开的那家梅茶馆，现在还在吗？还有哈姆租过的那个屋子，我也想去看看，你可以带我去吗？"

看到这句，我默然崩塌了一会，攒足最大的耐心回复他：

"玉皇山脚下根本就没有梅茶馆，也没有那个屋子，所有的这些场景，都是我虚构出来的。"

"那，玉皇山和西湖总不是你虚构的吧。"

"当然。"

再没有比这更无聊的对话了，耐心差不多已耗尽。如果再这么继续下去，我想去撞墙。

"就算西湖和玉皇山都是你虚构的也不要紧，只要杭州这座城和城里的你是真实存在的就好。"

他在这句话后面加了个双手捂住嘴巴偷笑的笑脸。感觉他为自己能够说出这句话而表示非常得意和幽默的样子。

真是百无聊赖啊——出于礼貌，我回复他一个笑脸。

"真想此刻就飞过去，看看杭州，看看你。"

我再次回复他一个微笑，仍然出于一种礼貌。

"感觉你困了,想休息了吧?"

"很困。"我赶紧回复,再加一个打哈欠的表情。

又是凌晨三点。真是奇怪,我是夜猫子,喜欢夜里不睡觉,他为什么也通宵达旦不睡?他很快发过来一句:

"那休息吧,晚安。"

"晚安。"

终于,晚安了。

4

自从那夜道过"晚安"之后,好像成了一种习惯。每天夜里,泽郎都会发个微信来道个"晚安",然后,我也会回他一句"晚安"。

偶尔也会晃神,每晚互道晚安这件事是应该由恋人们来做的。我们之间这算什么?

但想到他目前是个特别身份的人物,来自我虚构的小说世界,受到虚构情节的诅咒和控制,便又释然了。一种很深的歉疚感和罪恶感让我不得不做出伟大的妥协。就像面对一个不久于人世的生命,纵然你有多么讨厌他、排斥他,但当他快要死去的那几天,你总会大发慈悲,耐着心对他说些好听的话,并尽可能地去劝慰他、开导他和多陪伴他。

三个月，说长不长，说短也不短。不知道我是否有耐心坚持到第九十天。我给自己一个任务，尽量不要在三个月内出什么问题。就当一场修行，培养自己的耐心和慈悲心。只要帮泽郎安然度过这三个月，他的魔咒自然就会解开。只要帮他解开这个魔咒，接下去他该怎么活就怎么活，该怎么死就怎么死，那是他自己的命运，跟我虚构的死亡再无任何瓜葛。到那个时候，我完全可以理直气壮地删除他，或者将他屏蔽。

对于我的这个想法，泽郎好像也是有所感知的。对于某些事物我觉得他就像一个藏于深山老林里的动物，天然地具有一种超级敏感的嗅觉和触觉，甚至敏感到有点神经质。

有一次，他忽然这么对我说：

"我们就像两个赌徒，赌注是三个月之后我的生与死。在这场赌里，你带着必赢的心态，因为你根本就不信什么预言和诅咒。而我，生死未卜，相信一切皆有可能。但我又那么希望自己能够全盘输给你。输给你我就赢了。但无论结局如何，最终谁赢谁输，有一点我是赢定的，那就是赢得你三个月的善意和慈悲心。虽然对于一个男人来说，要靠这个去获取女人的怜悯和慈悲是件羞耻的事。但我依然认为值得。虽然期限很短，只有三个月。"

"不用赌，我肯定赢。"我简单地回复他。有时候我会被他弄得莫名所以，时而觉得他浅薄无知、天真迷信又偏执，时而又觉得他波谲诡秘、高深莫测；而且他的文字表达能力日渐增长，甚至可以超越大部分文字工作者。

那天晚上道过晚安之后，他又发过来一条信息：

"忘了告知你，今天我去色达了。都说没到过色达，不知道灵魂可以重生。我从红原开车到色达，只要两个多小时，那么多年来，我却一直都没去过。五明佛学院里有七万多人在修行。看着那些穿着僧袍在我身边来来往往的喇嘛，我一次次地想起我的从前，恍如隔世。现在的我，已经是个彻彻底底的俗人。我曾经发过誓，再不去任何有僧人出现的地方。今天我却心血来潮去了趟色达。那里是全世界僧人最多的地方。我不知道我这是怎么了。只是想跟你说一说。你可以不用回复我，睡吧，再次祝你晚安。"

于是我假装已经入睡，没再回复。我知道这种话题一旦展开，又会没完没了。问题是，在他再次道过晚安之后，时隔大概一个多小时，又发过来一条很长的信息，显然用心写了好久：

"有时候，会奇怪自己活着活着，怎么就活到快四十了？仿佛有人跟我开了一个愚蠢的玩笑。有很长一段时间，我陷入一种活着不是不活着也不是的尴尬境地，都搞不清楚我的活着和死去有什么区别。这些年，也认识了一些人，有几个所谓的朋友，但我从来没有亲人，一个都没有。有时候，我也会这么幻想一下，说不定在世界的某个角落里，肯定会有那么一个人，在开心地看着我，想象着我是如何度过这整整三十九年的。当然，也只是这么想想，我知道这个人并不存在。我的生命如此浅薄，又如此虚无。有时候想想，活着和死去似乎真的并无本质上的区分。但此时此刻，我却又如此眷恋我的生命，那么渴望自己能够继续活下去，有太多太多想做的事情还没有去做，太多太多的愿望还没来得及去实现……如果我现在死了，等于没活过，白白来这世上走了一遭。"

读完这段文字，越来越觉得泽郎并不是一个头脑简单、甘于认命的普通男人。他的现世并不安稳。为了活着，他可能屈服，也可能妥协，但更多的是不甘心。如果他一辈子身居寺庙的高墙之内，天天重复过着单调乏味的生活，或许会感到知足充实、心怀感恩。然而，命运偏偏又让他尝到了最致命最美味的爱情，而后又被爱情所抛，他心怀巨大的不甘和不愿。之后的他又经历了生活的复杂与缤纷，眼睁睁地打量着这个花花世界，然而他却从未进入过花花世界的内部。就像一位外来民工，虽然身居繁华奢侈的大都市，但他也只是看见外部的表象，真正的内部世界，他是进入不了的。进入都市内部的繁华生活是需要资本和身份的。

因为看见，所以不甘心。如果他生来就是一个俗人，可能又会是另外一番境况，无论他信不信宿命，都不会受控于宗教思想的约束。如今的他虽然还了俗，脱离了宗教，但信仰的力量还是在他内心根深蒂固，就如同布满他身上的血脉，怎么换血都不能够彻底洗净。

半个月后的某个夜晚，大概离他的生日又近了一些，他又陷入更深的恐慌与不安，像是中了邪，语词颠倒，逻辑混乱。但是通过文字表达出来的内容，仍然可以感觉到他内心深处有强烈的不甘心：

"最近的我，实在没办法心安理得地活着，更没有办法去心安理得地接受死亡。我知道生活是有意义的，而我却还没有看清它的真相。我却快要死了，我就要死去，变成一具不会动的尸体，变成一把灰烬。这感觉太可怕了。为了逃避这种恐惧，我甚至想自杀。"

"你可千万别胡思乱想，好好活着。"我只得再次敷衍他。

"你是小说家，你也会有迷失的时候吗？"

"没有迷失，就不会写小说了。写小说不就是为了跟现世对抗，然后去追问一些真相。"

"能否告诉我生活的真相是什么？"

"死亡。"

"生活的真相是死亡？"

"对，你苦苦追问的真相，就是死亡。所以别再追问也别再纠缠不休了，一切都是无意义的。趁你还活着的时候好好活着，做些自己喜欢做的和有能力去做的事情，这就是活着的意义。"

"可是，我很快就会死。"

"你不会这么快死。"

"你能保证我不死？"

"我向你保证。"

"你拿什么保证？"

天哪，又开始无休无止、漫无边际了，再这么纠缠下去，他不死我都要被他烦死了。深呼吸。劝自己要耐心。

我再次使出十万分的耐心，命令我的手指打出这条信息，这个瞬间我感觉自己简直就是个伟大的圣母在面对一个神经错乱的孩子：

"你生日那天，我为你庆祝重生。"

"说真的？"

"真的。"

"那我们约定，生日那天我去杭州，去你的梅茶馆，我们就在你的茶馆里庆祝重生，好吗？"

突然觉得不对劲，我已告诉过他"梅茶馆"并不存在，是我在小说里虚构出来的场景，难道这么快他就忘了？或许，他最近又中了邪，每天神神道道、情绪错乱，把这件事给忘了也说不定。我不想再去提醒他，懒得去跟他反复解释，只想尽快地打发了事，就简单地回了他一句：

"好的。"

我哪想到，又会出现下面这种状况。他几乎立即就回复，像是已经打好了字就等着摁下发送键：

"梅茶馆明明是你虚构的，它在这个世上并不存在，你却随口应诺。可想而知，你根本就没有诚心要跟我过生日，或者，你已知道我活不到那一天，故意这么安慰我。"

真是悬念迭起！瞬间我就从圣母变成了一个毫无诚意的撒谎者。原来他是故意为之。我想不明白，这世上怎么还会有这么个人物存在？比我在小说里虚构的任何一个人物都要离奇十万倍。好不容易攒起来的耐心，在渐渐消散，我的这场修行可能会提前终止。

当耐心消失，心里便开始赌气，窝着一小簇火，不想再回复他，我又不欠着他！

过了好一会，他又发过来一条信息：

"不过还是很感激你的，我知道这一切都不能怪你。虚构那个小说的你是无心的，而现在你又尽量在安慰我，知道你完全出于善意。我想趁我还活着，尽快去趟杭州。这是我目前最想去实现的一个梦想了。"

他明显在缓和一种气氛，言辞之间溢满讨好和被生活逼出来的豁达。

忽然很悲哀，为他，为自己，为所有正在被生活的虚无感和无休无止的困惑备受折磨和摧残的灵魂。

实在不明白，究竟是什么原因让这个男人对悲剧的想象力如此顽固而经久不衰，几乎每天都在变着花样设想自己的各种下场，总之没一个结局是好的，都是死亡。话说回来，我们每个人在生下来的那一刻开始，无论你怎么走、往哪个方向走，所走的每一步都是在走向死亡。殊途同归，有哪一条路不是最终通往死亡？令我诧异的是，这个叫泽郎的男人，他怎么会那么热衷于对自己命运的设计，在设计的过程中又时时让自己深陷恐慌与焦虑。要是他不能够自行停止这种对自我命运的"设计"和自我暗示，那诸神都救不了他。我更不能。花那么多时间陪他微信聊天，只是不忍心做一个袖手旁观的人。谁让我无缘无故像上帝一样去虚构这么个小说出来。

"出来混，总是要还的。"还就还吧。继续忍耐，就当修行。

　　间隔好一会,他又发来一句:

　　"我能求你一件事吗?"

　　"你说。"

　　"我想请你再写一个小说。"

　　"什么小说?"

　　"为《观我生》写个续篇。"

　　"续篇?"

　　"对,此刻我突然想到,如果你能在小说中把我写活回来,自然就可破了这个预言,我的命运说不定就会发生逆转。"

　　好一个突发奇想!亏他想得出来,还真把我当上帝了不成,我要有这本事,我还坐这里写小说?!

　　气急,直想撞墙。但忍耐住。回复他:

　　"别迷信了,你想象中的事情压根就不会发生。"

　　"万一发生了呢?"

　　"没有万一。"

　　"世上有绝对的事情吗?"

　　"没有。"

"那就是了，既然没有绝对，那么我担心的事情它就有可能发生，当然，也有可能不发生。我的意思是，不管结局如何，但对目前的我来说，生死未卜、真相未明，这种恐慌焦虑、坐立不安的日子让我崩溃，我都想以死来逃避这种日子。还有两个月零七天，就是我的生日，也许，就是我的忌日。"

我已感觉到这个人很不对劲，几次想建议他去找个心理医生或精神病专家看一看，但这种建议很难说出口，弄不好会对他造成更大的伤害和焦虑。

既然已经对人家发了慈悲心，那就慈悲到底吧，何不铤而走险？干脆应诺他再写一个，反正他又不知道我到底在写不在写。就算真的写，不就编个故事嘛，到时发给他看就行，只要等他度过生日，一切就都释然了。至少，我的应诺可以缓解他两个月零七天的焦虑与恐惧。

然而，我还是把他想得过于简单了。事情远不止这样。当他得知我愿意写续篇，仅仅欣喜若狂了一分钟，也就差不多发一条微信的时间。

前一条微信是这样的：

"真的吗？太感谢了！此刻我突然松出一口气，就像一块石头被搬开了。你对我的慈悲和友善我会永远记在心上。"

后一条立马变成这样：

"可是，我还是很担心，就两个月零七天的时间，你真的能写完，并把它顺利出版吗？"

瞬间我目瞪口呆，呆若木鸡。这怎么可能？！就算我不吃不喝不睡不玩用两个月时间把小说写出来，出版周期也需要很长一段时间，申报、校对、排版、印刷……哪这么容易！两个月一本书，从写到出版，这不天方夜谭么？

我有点吃不准这到底是个什么样的人了，感觉他亦正亦邪，无药可救。时而觉得他本色、天真，时而又觉得他十分复杂；时而让人同情，时而又让人厌恶，对别人的要求得寸进尺，不知天高地厚。此刻他的这个要求，明显过分了。你可以理解他浅薄无知、不谙世事，也可以理解他成心揶揄、故意为之，无缘无故地涌起一种被人捉弄了的感觉，像吞吃了一只苍蝇。

"赶紧远离他，这种人不值得你为他花时间和精力耗下去。"心里有一个声音在朝我呐喊。

从那以后，我再不当伟大的圣母，也无意成为一个哄慰者，再没回过他任何信息。

而他，也仿佛知道了我对他的反感和不耐烦，突然间变得识相了，客客气气地，有点不太敢来打扰我，也不再对我提无理的要求。但每天晚上仍保持在微信上道"晚安"的习惯，隔开几天会偶尔发来一句问候，都是极其礼貌的问候语。仿佛也并不指望我给他回复。毫无疑问，这是个极度敏感又自知的聪明人。

这样也好，桥归桥，路归路，各人自有各人的命，过好自己的生活，相安无事，各自安好。

5

接下来的事情，说是机缘巧合也好，鬼使神差也罢，总之，它发生了。源头还是出在微信上，万恶的无所不能的微信啊——

那天从花市经过，仍然抱回来一大束勿忘我，那些深紫和粉紫混搭的小碎花令我心生愉悦。回到家，把花插好，茶泡上，心情不错。本想去阳台晒晒太阳。但，哪有太阳，最近每天雾霾笼罩，可能我的脑子也进了霾，想晒太阳想疯了。

在阳台上坐了一会，总不能待在外面吸霾，遂躲回书房。书不想看，小说没心情写，百无聊赖，只得喝茶。

茶喝着喝着，无聊中捧起手机刷微信。食指往上划去，微信一条一条往下滑，忽然看到北京的一位朋友蓝莲花刚发了一组色达的照片，那密密麻麻占领山坡的喇嘛庙和蓝天白云瞬间吸引了我。

我一张一张抹开，共九张，每一张都充满美与神秘的气息，它们令我向往。记起前些日子泽郎也跟我提起过色达，说他刚从色达回来，那儿有七万多人在修行，是世界上最大的佛学净地。

我在那条微信下点了个赞，又留了一句："好美！"纯属无聊。

没想到蓝莲花正好在刷看朋友圈，几乎是神一般地快速回复："快来，我们在色达等你。"

"你和谁？"

"和我北京的一个朋友。她知道你，你过来正好可以介绍你们认识。"

"你们在色达还要待多久？"

"今天刚到，应该会待五天左右。"

"怎么想到去色达了？"

"北京雾霾呛人，出来透透气。"

"嘿，你们这口气也透得够远的，几千公里。"

"杭州怎样,没霾吧?"

"怎么没有,刚就被霾驱赶进屋了。"

"那还不快跑出来?"

"想呢。"

"网上订张票,先飞到阿坝州,我们租了车,正好过去接你,或者你在那儿自己租车过来。"

"还是你们来接我吧,我省钱又省力,主要是不认识路。"

"就知道你!订好机票告我时间。"

"OK!"

立马上网订了张机票,第二天就飞到了阿坝机场。哪知道我还在半空中飞,蓝莲花她们却被单位里的一件突发事件给紧急召了回去,留下个司机和一辆丰田越野车在阿坝州机场等我。

司机给了我一张色达宾馆的房卡,说是蓝莲花为自己开的房,预付了五天的房费,只住了一晚,退房的时候,怕我临时订不到好的房,又想着把我"骗"过来她自己却跑掉,留给我免费住四天,好让我消消气。

我骂骂咧咧上了车。司机说:"你车费也不用付的,她们全付过了。她们说便宜你了！帮你车子租好，房间白住，还骂什么骂？"

她们怎知我会骂人的？我又好气又好笑，这司机传话也太本色，几乎原话照搬。我完全可以从司机的每一句传话中，还原她们当时在嘱咐司机时的所有表情和心情。

阿坝州到色达还是挺远的，大概开了五个多小时才到。进入色达县天已擦黑。宾馆在五明佛学院内，我们在色达匆匆吃了碗面，连夜又到了佛学院。

外来车辆不得进入佛学院，司机把我送到佛学院大门，便又赶回色达县。原来他的家就在色达县城，离佛学院很近。他给了我一张卡片，让我第二天什么时候要用车，打电话找他，他就过来。

诡异神秘的气息是进到佛学院内部才感受到的。原来里面这么大。一路上没花没草没一棵树，山坡上全是黑压压的房子，都是喇嘛的宿舍。灯光影影绰绰，夜风在紧密的屋林间穿梭，呜呜呜地低吼着。几天前的色达刚刚下过一场雪，灯光下偶然可见路边仍有残雪未化。阴森森的夜空下阴森森的建筑像丛林密布。感觉自己一脚踏进了另一个完全陌生的世界。

这就是传说中的天堂,可以让灵魂重生的地方。

房卡上写着"喇荣宾馆"。我拖着行李,一路问,一路走,直走得气喘吁吁、浑身乏力,仍然遥不可及。

佛学院里没有出租车,所有经过的车辆都是他们内部的。不得已拦了辆小面包车,问司机是否可以捎我一程,我要去喇荣宾馆。

司机有点为难。显然他听懂了我的意思,但他对我说的话,我却几乎听不懂。只听懂了一点点意思,好像是说,他最多可以送我到宾馆的下面,但不能送到宾馆的里面去。

都能把我送到宾馆下面了,还有什么好说的?我死活要上车。

车门哗啦一下拉开,吓得我!七座的小面包车里竟然密密麻麻挤了十七个左右的喇嘛。我愣着,不知道上还是不上,怎么上得去。坐在副驾座的那个快速跳下车,用半生不熟的汉语告诉我,让我坐前面去,他挤后面。

我连声道谢,抱着行李坐到副驾座,再不敢往后看,密集使人恐惧,不知道他们是怎么挤上去的,而且挤得一声不响，一车人安安静静。也可能是挤得连说话的空间和力气都没有了。

车子开到宾馆的下面，我被放出来。再次道谢。道完谢后，目送车子绝尘而去。

我抬头找宾馆。找啊找，不是说下车的地方就在宾馆的下面吗？怎么就找不着。终于，看到天空中红星一样闪耀着四个字：喇荣宾馆。

原来，宾馆真是在我头顶，在山的最高处，而我站在半山腰，我不知道还得绕来绕去绕多少层路才能绕到宾馆去。

夜更冷了，站在四千多米高的山腰道上，气有点喘。月亮悬在半空中，就在喇荣宾馆的右上角。索性站着看了会儿月亮，调整下呼吸再赶路。但，实在是走不动了。往上走海拔会更高，气会更喘。

只要有车经过我就拦，我只能这么做。反正在佛学院内也不怕有劫匪，只要脸皮够厚就行。

又拦到一辆私家车。开车的那个小伙子没穿僧袍，可能是哪个喇嘛的家人，也可能只是喇嘛换上了便服。不管他了，他一直在打电话，说的色达话我一句听不懂。

他示意我上车,也不问我去哪里,我也不好打断人家通话。

不过盘山路只有这一条,没有岔道,绕来绕去只会往山顶上开,所以不怕开错道。果然,到了喇荣宾馆大门口,他把车子停下来,但电话还在打。我想表示下谢意,给他点路费,他挥挥手,车头一调又往原路开回去。我有点感动。还是对着车尾说了声"谢谢"。

当晚,我就很不争气地在喇荣宾馆高反了。整晚头晕、心跳剧烈、胸口发闷,翻来覆去、生不如死地在房间里折腾到天亮。天亮后摇晃着开门出去看日出,忽然被响彻漫山遍野的诵经声和钟声给洗礼。煨桑的烟雾在山谷里弥漫,像是置身迷幻仙境。

以为一夜未眠会疲惫,没想到一走出房间,便觉神清气爽,好像刚刚从沉睡中醒来恢复了体力,我已满血复活。原来山谷里氧气充足。这里的宾馆都没有暖气和空调,怕冷,又是在一个陌生的黑夜里,窗门一直不敢打开,紧紧关闭了一整夜,造成室内严重缺氧,就差把自己给闷死。

喇荣宾馆是住不下去了,海拔太高。再说一个人在佛学院里住几天也没多大意思。逛上一天差不多就可以撤了。撤到哪里去却没想过。

逛着逛着，发现手机丢了。开始以为在房间，回去找遍每个角落，没找着。我有点慌神了。一直回忆，一直回忆，觉得很大的可能性是丢在昨夜那辆小面包车上了，想起那密密麻麻一车人，半夜三更的地谁还能记得清谁的脸。我默默崩溃了好一会，找是找不回来了。七万多人，总不能一个个地去问。

幸好司机给我的卡片还在。借宾馆大堂的电话打给司机，让他过来接我。

没想到昨天夜里摸黑上山难如登天，而白天的下山路，却走得异乎寻常的轻松。

司机接上我第一句话就问："去哪儿？"

我真的没有经过任何思考，连一点犹豫都没有，一张口说出的目的地居然是红原。

"你想去红原县？"司机又问。

"对，开过去两个多小时？"

"差不多吧。"

司机转动方向盘，猛踩油门，车子直冲向去红原的那条土路,说:"我发现你们这些从大城市里跑出来的女人都有点奇怪,说来就来,说走就走,想到哪儿便到哪儿,雷厉风行。"

听得出来他有点羡慕和嫉妒,但更多的却是揶揄和嘲讽。他说出"大城市"这个词的时候,就像是另类的从正常的范畴无法去理解的等同于"动物园"或"另一个世界"的意思。

懒得搭讪,一肚子的事儿我需要静下心来理一理。于是侧过脸,看向车窗外,假装看风景。

我有点被自己惊到,无缘无故跑去红原干什么?就为了去看看泽郎,或者去他那个小酒吧里坐坐?我这好奇心是不是也太重了些,这不没事找事儿吗!

路上居然飘起些雪花,已进入初冬季节,北方的雪说下就下。山峦和田野呈现出满目的蛮荒。大地寂静。忽然有些悲伤。说不清楚为什么,有一股莫名的情绪在胸中涌动,仿佛正经历着里尔克的"严重时刻",但内心又想着其实什么事都不会发生。在无穷无尽的天地之间,我们每一个人都是孤儿。无缘无故地来到这个世上,无缘无故地哭,无缘无故地笑,又无缘无故地走和无缘无故地死去……每一个时刻都很严重,每一个时刻又都充满虚无、毫无意义。谁也说不清楚,人在这个自然界中到底算是个什么。对于无穷而言,我们仅仅是虚无,而对于个体而言,我们又是所有,是全部。我们时而被虚无挟持,时而又狂妄自我、自以为是。我们患得患失,忽悲忽喜,总是置于虚无和全部之间,就像一个钟摆,不停地荡来荡去,不知来处,也不知归途。

车子进入红原县,我仍然有些茫然。不知道为什么走着走着就走到了这里。这是一座小县城,地处青藏高原的东部,海拔也在四千米左右。

司机问我,到这儿来是想去看草原吗?那儿有个红军烈士纪念碑,许多背包客都会去那儿缅怀一下。

我说不想去。

司机说:"也是,这个季节草都没了,去草原也没啥好看的。"

我说:"除了草原,红原还有什么好看的吗?"

司机说:"好看的有,寺庙、白塔、玛尼堆、经幡、石经墙都可以看,有个川西北最大的宁玛派寺院,就在红原县,叫万象大慈法轮林。来过红原的人,都会说这儿的经幡是最美的。"

好吧，既来之则安之，茫茫然且看风景。不过，我得先要找到一家手机店或者移动公司营业厅。

司机笑着说："你们城里来的人，好像一天都离不开手机的。"

"你不也有吗？"都什么年代了，还为一只手机奇怪。

"我们要不是方便客人能联系到我们，都可以一年到头不用手机的。"

也是，他们的手机纯粹为了方便客人联系。而我们呢，我们的生活无时无刻不跟手机相连，没了手机，就不踏实，甚至会有一种找不到存在感的恐慌。整整一天，没有手机的我就有点魂不守舍，总觉得有些事情正在发生，有些事情因而就错过了。事实上，在每天都有手机陪伴的日子里，也不见得就天天有事儿发生。但无论如何，眼前立即需要解决的问题，还是得先去买回一部手机，给自己一个存在感。

司机带着我在县城里兜来兜去，终于找到一家移动公司营业厅。看到笑脸相迎的营业员，就像见到了久违的亲人。

我很快选好手机，但要恢复原号码却需要回到户口所在地去才可以办理，也就是说，我只能暂时买张卡，使用新的手机号。只好如此。我安慰自己。有手机总比没有手机好。

新手机里没有任何电话号码和微信号，所有的号码微信全都存在老手机和旧卡上。买了新手机换上新卡，还是和原来的人与事联系不起来。仍然和世界脱离。心有遗憾，无限惆怅。

结账时，忽然问营业员：

"请问红原路怎么走？"

营业员朝门前一指："这条就是。"

我一阵激动，暗自欣喜，原来鬼使神差找手机找到红原路上来了，干脆问到底："红原路上有家泽郎酒吧，对吗？"

"酒吧？这里没有酒吧。"

"是泽郎酒吧。有吗？"

"这一整条路上都没有酒吧的，全是卖手机配件的和小服装店。"

仍然不甘,再问:"您是当地人吗?"

"我不是当地人,但我在这儿住了十多年,这座县城的每个角落我基本上都熟悉。"

"那你知道红原县有个叫泽郎的人吗?"我想我是疯了,居然会这么问。只存在万分之一可能性的侥幸心理,立马遭到消灭。

"这个我真不知道,县城里少说也有几万人口,我记不住那么多。"

"好,谢谢您!"怅然地告别营业员,有点尴尬。

真是心有不甘,还是让司机开着车在红原路上跑了个来回。路不长,油门一脚踩到底,几分钟就能把整条路开到头,两旁的商铺和店面也一目了然。没有"泽郎酒吧"。是根本就没有任何酒吧。

司机很好奇:"你想找酒吧?这条街上没有,可以开车去别处找找,说不定有。"

"不用。"我说,"我只是看看。"

县城小而朴素,随便找了家酒店住下来。司机说他想去吃糌粑和血肠。那两样东西我都不碰,跟他说好晚饭各自解决,我想顺便一个人逛逛。

红原县并没有下雪，但高寒清冷，尤其到了傍晚，风吹过来像刀割。虽然穿着羽绒服，围着厚围巾，露出外面的脸仍有冻僵的感觉。

走进一家小面馆，吃下一大碗面条，还是没有消除我的疲惫，也没有把身体暖和过来。一个人在夜风中走啊走，走到红原路的尽头，是个丁字路口，有一条很深的河床横在前面，河水枯竭，烂泥巴敞着怀，像是被人揭穿的一个巨大的谎言。

风好大，我站在路口，望着黑漆漆敞着怀的河床。恐惧是在这个时候汹涌而至的。我不知道这个叫泽郎的男人为什么要骗我。红原路上并没有"泽郎酒吧"，就如同西湖边并没有"梅茶馆"。"梅茶馆"是我在小说里虚构的场景，现实生活中的泽郎为什么也要向我虚构一个"泽郎酒吧"？或者，世上根本就没有泽郎这个人？这太可怕了！

更让我恐惧的是，我怎么就无缘无故地走到了这个叫红原的地方，寻找一家并不存在的酒吧。难道在我潜意识里面就想着来找一个叫泽郎的人，证明他是否真的存在，还是，仅仅只是为了满足一份好奇心？

好奇心是没有道德的，也许这是人类可能拥有的最不道德的欲望，我们总是对未知的世界和那个世界里的事物充满好奇，无穷无尽的好奇。

大地暧昧混沌，黑夜有预谋地将光一一销匿，我左右四顾，找不到自己的影子，而月光已充满天空。我满身疲惫，又惊慌失措。抬头看月亮，风越来越大，吹晃了我的眼睛，仿佛看见恶魔的微笑。我的心因恐惧而跳动不已。夜风嘶吼，像是要拼力卷走河床两岸的枯树。枯树枝像群魔乱舞。我在一个人的世界里兵荒马乱，恐惧如影随形。拼命不去想泽郎这个人和关于他的一切事情。任何回忆只能加深我的迷乱和崩溃。

但我仍然不可扼制地想起曾经出现在我小说里的人物、贡布、Frank、哈姆，他们实际上同为一个人，却在此刻的夜晚各自成为他自己，或者，是他的一部分。当我在虚构他们的时候，我并没有用过多的笔墨去描述他们的音容笑貌。文字无声，我更注重的是内在的灵魂。

对于他，或者他们，在我脑海里并没有一个具体的形象。就如现实生活中的泽郎，到此刻为止，我也没见过他，连照片都没见过。我不知道他长什么样。可是，他确实是我小说的原型,他在我心里是确切存在的。然而,此刻,我却并不那么确信,世上是否真有其人其事。我重新陷入真实与虚幻之间。

心慌慌忽然想到一个人,天葬涅槃,这件事情多少跟他有关。没有他就没有这个故事,没有这个故事,我就不会心血来潮地去虚构这么个小说,又引出泽郎这么个人。我得找到他,跟他去聊一聊。

可是,新手机里空空如也,没有号码,没有微信,没有任何朋友的信息。我连身边最近的人的号码都懒得记,又怎么能记得住五年前天葬涅槃在不丹留给我的号码,而且这几年我们一直都没有联系过对方。

崩溃地回到房间,只想倒头就睡去,什么都不想,什么都不管,只求内心安宁,天下太平。

很多时候,只要你自己想太平,天下也就太平了。就如这个夜晚,再怎么兵荒马乱、辗转反侧、夜不成寐,后来还是睡着了。一觉醒来,神清气爽。想不通的事情不想,管不了的事情别管。冲个澡,换套干净暖和的衣服,对自己说,你只要玩好睡好管好自己就好。

接下来的几天,周边的寺庙、白塔、玛尼堆、经幡、石经墙我都逛了个遍。连草原也去了。还遇上了一场纷纷扬扬的大雪,拍了一些很美的雪景。红原的经幡果然是我见过最美的。途经很多佛塔如诗经,仿佛等着我们每一个人自己去领悟、去觉醒。总之,对于一个旅行者来说,没白走这一趟。

七天之后,我回到杭州。又是阴雨兼雾霾。听说晴空回来过,但第二天就被新一轮雾霾给占领。

回到家,才知天下并不太平,你想太平都太平不了。

首先,我要把脱离了七天的世界找回来,重新与原来的生活接上轨。我连喘口气的时间都不给自己,行李一放就跑移动公司把原来的号码给申办了回来。恢复原号码后的手机握在手心里,就像重新握住了一份踏实的生活,总算有了一点存在感。

迫不及待地打开微信,看朋友圈,看私信,回复留言。惊世骇俗的事情发生了。我看到泽郎的信息:

"我在杭州了。你在哪儿?"

"你方便见我吗?"

"我没别的意思,只是想表示我的诚意,当面来恳请你能否为我写个续篇。"

"如果你实在不愿意写,也没关系的。"

"我在杭州了,我们能见一面吗?"

……

留言全都发在七天前。也就是我丢手机的那天。那天的我在色达,在被圣徒们称之为可以让灵魂重生的天堂。

就在这几天,他居然来了杭州,而我却在红原游荡,世上真有这种阴差阳错的事情吗?我几乎毫不犹豫地回了他一条:

"你在哪儿?"

信息没有回复。我又发了一条:

"前些日子我手机丢了,今天刚回杭州。"

仍然没有回复。

大概半小时之后,手机铃声响起,是个陌生的号码。我条件反射地想到这个号码可能跟泽郎有关。虽然我们只加过微信,从没留过对方手机号。

电话接通,是杭州市公安局打来的,说在死者的微信上查到最后的信息是发给我的,他们又通过微信后台的实名查到了我登记在册的名字和号码。

"死者？！"我听见自己在尖叫。

"你的朋友出了车祸，我们正在事故现场……"

我的耳膜急剧跳动，接下来他们说什么我一句都没听进去，仿佛有个世界在我耳畔"砰"的一声关上门，瞬间我被惊悚、绝望、虚无、恐惧和疑虑重重纠缠撕扯，如雾霾般无声而凶猛。脑海里不断响起《严重时刻》里的最后那段，仿佛有人在诵吟佛经，不，犹如咒语：

……

此刻有谁在世上某处死，

无缘无故在世上死，

望着我。

带我去天堂

1

哈姆出生那天,从他母亲子宫里先出来的不是他的头部,而是他的一条腿。接生婆惊慌失措。对接生婆来说,最怕遇到的就是这种事。她脸色铁青,和同样脸色发青的哈姆的父亲站在院子里嘀咕了好一阵子。

在大人和孩子之间,他们选择了保孩子。

哈姆一出生就克死了他母亲。村里每个人都这么说,哈姆是个不吉利的人。而哈姆的父亲并不这么认为。他觉得每个人的生死都是天注定的。哪怕是他自己做出的决定,那也是顺应了天意。每次去墓地看望哈姆的母亲,他都会蹲在墓地旁边自言自语:请你保佑我们的哈姆平安长大,你再耐耐心,在天堂里等我几年,等我把哈姆带大了，我就去那边找你。

可是，哈姆的母亲等不及了。在哈姆长到七岁那年，她便急匆匆地把哈姆的父亲叫去了天堂。

哈姆从此成了孤儿。他永远都不会忘记那个春夏交替的雨季，他父亲带着他去牧羊，在聂拉木的山路上遇到山体滑坡，父亲拼尽全力将哈姆推出去好远，大声对哈姆喊：快跑！哈姆！快往前边跑！羊群惊慌失措，四处逃窜。一块大石头滚落下来，混着泥浆飞快砸中他父亲的脑门，他眼看着父亲应声倒下。

好心的邻居帮哈姆把家里的羊全变卖了，为他父亲举办了一个最简单的葬礼。但，没有人敢收留哈姆。他们都认为哈姆不吉利，一出生克死他母亲，七年后又克死他父亲。他们为哈姆指引了一条出路，一直往西走，就能走到聂拉木县城，在县城旁边的山林旁边有座加噶多加寺，寺院里的喇嘛应该能够收留他。

哈姆离开了村子，离开了朝夕相处七年的家。那时的他，好像并不太懂得什么叫悲伤。只是在他锁上那扇破旧的木门，背转身去的那一刻，眼泪却夺眶而出，怎么也止不住。

2

哈姆迷路了。这是他第一次离开村子。他在盘根错节的山路上绕来绕去，走了七天七夜，饿得头昏眼花。终于走下山的那天，他看见了一大片草原。草原上水晶晶花开得无边无际，像铺着一层粉紫色的地毯，在阳光下闪耀着无数道炫目明媚的光芒。

哈姆仿佛是被突如其来的光芒给击中了，感到一阵昏厥。在他倒地之前，他看见了一只狼正夹着尾巴朝他走来。哈姆听他父亲说过，在草原上遇见一只或两只狼，是一件吉祥的事。狼见了人，都会避着走。要是遇见狼群，就会遭到袭击，就要赶快想办法逃跑。哈姆庆幸自己遇见的只是一只狼，而不是一群狼。

哈姆从昏迷中醒来的时候,发现自己正躺在一张散发着酥油味的羊皮毯子上。

是加噶多加寺的吉索救了他。哈姆喝完一大碗羊奶,然后看了看四周,问吉索,那只狼呢?

吉索说,没有狼,这里只有人。

喝了羊奶的哈姆,渐渐恢复了体力,站起身朝吉索一鞠躬,说,谢谢你救了我,我要走了。

吉索问,你要去哪儿?

去加噶多加寺。

这里就是。

哈姆有点不太敢相信,把眼睛睁得大大的。他想,原来父亲对他说的话,果然没有错。在草原上遇见一只狼真是件吉祥的事。他有些恍惚,仿佛看见父亲的魂就在那只狼的身上,是父亲把他在昏迷的时候带到了加噶多加寺。他跪在地上,朝天堂里的父亲拜了拜,然后又朝吉索拜了拜。

加噶多加寺里总共有二十多个僧人。有时候会多出来几个,有时候又会少下去几个。哈姆从来没有数清过。

哈姆一直跟吉索住在一起。

吉索是个很有学问的人，他不仅会说藏语，还会说汉语和英语。也不知道他是从哪儿学来的。吉索很喜欢哈姆，把他当儿子一样爱护。每天教他识字、诵经、打坐，同时也教他说点汉语和英语。只要吉索自己会的，都毫不吝啬地教给哈姆。

哈姆的日子过得充实而知足。只是偶尔想起他父亲的时候，心里会涌起一阵又一阵的伤心和难过。日子过久了，哈姆对父亲的想念也便渐渐淡了下去。有时候，他甚至会忘了他父亲的模样。当他意识到自己竟然忘了他父亲的模样，心里会莫名地生出些愧疚。

怎么能够把自己的父亲都给忘了呢？终于有一天，哈姆对吉索说出了自己的愧疚和不安。

吉索看了哈姆好一会，走进屋里找来一面巴掌大小的镜子，递给哈姆，说，你看看镜子里的那个人。

哈姆第一次照镜子，像看西洋镜。他反复端详着镜子里的那个人，忽然觉得又伤心又幸福，他对吉索说，谢谢师父，我又想起我阿爸的模样了。

那一年，哈姆已经二十五岁。

二十五岁的哈姆回到了雪布岗村，村里人很快便认出了他，但他们并没有欢迎他，而是躲避瘟神那样躲开去。

不远处有个老妇人正忙着赶走她的小孙子，让他躲哈姆远一些。她对她孙子说，走开一些，那人是个克星。

有个步入风烛残年的老人却不走，他站在哈姆面前，一把一把地摸着自己灰白的胡须，盯着哈姆看了好久，他对哈姆说，你跟你阿爸长得太像了，简直一模一样！

可是哈姆的记忆里却没有这位老人的模样，连他是不是这个村子里的人，哈姆都记不起来了。他连自己的阿爸都差点记不起来，怎么会去记得这位老人呢。他觉得这是罪过。他双手合十，朝那老人深深跪了下去，并请求老人跟他说说发生在村里的事情，讲讲他阿爸的从前。

老人摇摇头，赶紧扶起哈姆，说，忘了好，忘了好，你现在正走在修行路上，过去的事情就让它过去，不必去费心追它回来。还是好好修行吧，终有一天，你会修成正果的。

何谓正果，修成正果为了什么？哈姆正欲问那老人，老人却已扬长而去。

哈姆回到自己家，门前挂着的那把锁已锈迹斑斑。蜘网结满了门楣。一只蜘蛛仍在忙着吐丝结网，辛苦劳作。他伸出手摸了摸那把锁，并没有去开门，他担心门一打开，那张精密的蜘网必然会破碎。哈姆看着那扇门，和七岁那年一样，悲伤地转过身去，只是没有了年少时的凄惶和害怕。

哈姆回到了寺院。他师父吉索正在埋头劈柴。劈柴并不是吉索干的活。可是在那天，吉索却使劲在院子里干活，汗珠子挂满了他的额头。

哈姆走到吉索旁边去，对吉索说，师父，我是不是克星？真的是我把阿妈和阿爸克死了吗？我生下来就是一个罪孽深重的人，对不对？

吉索没理他，继续劈柴。他从来不允许哈姆回家。他花了将近二十年的时间，教哈姆去学会忘记、放下，但，哈姆还是偷偷跑回家去了。已经到了做课诵经的时间，那天的吉索决定要惩罚哈姆，他不许哈姆参加。

吉索把劈开的一截木头桩子往边上一扔，对哈姆劈头劈脑砸过去一句：你要绕圈，你就绕圈去吧。然后，头也不回地走了。

谁也不会想到，吉索那时的一句气话，却一语成谶。

哈姆奇迹般地绕进了一个圈里，那是爱情的怪圈，他在里面越陷越深，直至难以自拔。为了一个女人，他毅然离开了加噶多加寺，放弃他一生的修行，从此走上一条万劫不复的道路。

引他走上不归路的那个女子，她的名字叫青枝。

3

没有人知道,这个叫青枝的杭州女子,为什么独独选择到加噶多加寺去朝圣。聂拉木是中国最边缘的县城,再往东南方向走半天,就是樟木口岸,那里就是中国和尼泊尔的边境线。很多远足的驴子会到达这里,途经聂拉木县进入藏北无人区阿里,或者,穿过樟木口岸去尼泊尔。

但是,青枝和那些驴子不同。她是专程从杭州飞往拉萨,然后从拉萨直接租车到了聂拉木。

那天,哈姆仍然没有得到他师父的原谅,一个人坐在寺院外的大石头上,大太阳直射着他。他半眯着眼在那儿反省自己,心里却空茫茫的,不知道该反省什么。

就是在那天,哈姆遇见了青枝。

青枝的出现,对哈姆来说完全是猝不及防的,她就像一位天外来客。她朝着他走过去,走到他跟前,轻声问他:请问师傅,这里就是加噶多加寺吗?

是,这里就是。哈姆说。

哈姆发现这个女人的眼眸里充满迷惘。可他并不知道,就在几秒钟之前,他自己的眼里也同样充满着不可解释的迷惘。

得到哈姆的确认,青枝的眼里似乎被某种光给照亮了一下。青枝对哈姆表示了谢意,并请哈姆领她进寺。

在释迦牟尼如来佛神像面前,哈姆指点青枝在佛前添加酥油,并帮她点燃了一盏酥油灯。青枝在佛前跪下去,久久跪着。

哈姆在旁边静立着,并不知道她在祈求什么。

当青枝终于站起身来的时候,哈姆看见她往供奉箱里塞进去厚厚一叠钱。虽然他并不知道那一大叠钱到底有多少,但这肯定是他见过的供奉最多的一次。

临别的时候,青枝再次对哈姆表示谢意,并告诉他,她叫青枝。她以后还会来这里。

青枝。哈姆记住了这个女人的名字。但也只是记得而已。他并不认为这个女人会再来这里。就算再来，也无关他什么事。

无数众生在寺庙前来来往往。在寺院里修行的人，不会去记得他们。寺里寺外，本是两个截然不同的世界。

在过完那个夏天之后，青枝却再一次出现在加噶多加寺。哈姆几乎忘记了这个女人。可是，当这个女人再次出现在他眼前时，"青枝"这个名字却立即在哈姆的脑海里浮现。原来，哈姆一直记得，从来就不曾忘记过。

哈姆发现过完夏天的青枝，比上次见到的时候更多了一些凄惶和不安。他看得出来，在她心里有某个死结需要人去帮她解开。但却不知道她到底发生了什么事。他对她的经历一无所知。

青枝一到寺院，就直接进入大殿，在释迦牟尼佛前长跪不起。和上次一样，加酥油，点燃酥油灯，然后往供奉箱里塞进去一叠钱。

她对哈姆说，她就住在聂拉木县一家叫"雪莲花"的旅馆里。但她看不懂旁边的一行藏文。她翻出手机拍的照片给哈姆看。哈姆说，那是"岗拉梅朵"，跟汉语"雪莲花"是同一个意思。

青枝说她很庆幸能够遇到哈姆。因为在这里，既懂藏语又懂汉语的人实在太少。她发现很多人都听不懂她说的话。

哈姆既骄傲又有点羞涩，他对她说，我还会说一点点英语。

谁教你的呢？在这座边缘地带的小寺院里居然有人会讲英语，这让青枝惊讶不已。

我师父。

你师父是谁？

我师父是加噶多加寺的吉索。

吉索？

对。"吉索"在汉语里，相当于"总管"的意思。

青枝笑了笑，说，我以为吉索是一个人的名字，原来是职务。

哈姆觉得自己十分愿意将寺院里的一些常识讲解给青枝听。他说，吉索在寺院里算不上是最有权威的人，吉索上面还有堪布。堪布在汉语里面相当于学院院长或大总管的意思。比堪布更有权威的人，就是活佛了。

在青枝的认知里，活佛离现实生活是很遥远很遥远的，是她永远都够不着的另一种存在。

哈姆说，其实活佛和他们一样，每天就生活在这座寺院里。只有在遇到其他寺院做大佛事的时候，偶尔会出去几天。

青枝打量着哈姆，哈姆身上一身旧红色的僧袍在太阳光的照射下特别耀眼。她说，在我看来，你们都是佛。

哈姆说，每个人都是未来佛。

那天的青枝，突然请求哈姆能否送送他，顺便陪她说说话。哈姆同意了。那天他将青枝一路送回旅馆。

从加噶多加寺走路到雪莲花旅馆，大概二十分钟路程。但对哈姆来说，却像走了整整一个世纪。青枝邀请哈姆进去坐坐。哈姆说不坐了，他得趁他师父回来之前赶回去。

哈姆的师父又去别的寺院讲经了。最近他发现他师父出门的次数越来越多。那天他一个人走回寺院，发现师父又没回来。他忽然有些小小的后悔。早知道师父不在，他就可以多陪陪青枝。

虽然哈姆从未到过杭州，杭州对他来说就在千山万水之外，美丽如天堂。而青枝，这位美丽温柔的女子，就是从天堂那边飞过来的仙女。出于一种好奇和善的本能，他很愿意去多陪陪她，给予她温暖和帮助。

接连几天，青枝天天来加噶多加寺。每天点燃一盏酥油灯。其他时间，就在寺里寺外闲逛。有时候，她就独自坐在寺院的角落里，看着僧侣进进出出。她好像对寺院里的僧人特别感兴趣，总是追着他们的背影看，像是在探索某个秘密。

有一次，哈姆问她，你总是看着他们，你到底看见了什么？

我看见了未来佛。青枝笑了笑，反问哈姆：你们这些修行的人，又是怎么看我们女人的？

哈姆想起来在很久以前，他听他师父说过，修行到一定程度的高僧，透过女色，看见的只是一堆白骨。他把师父的话说给青枝听。

你师父真有意思。青枝说，那你现在使劲看着我，你能透过我看见一堆白骨么？

哈姆很快扫一眼青枝，又迅速别过头去，有点不好意思。她脸上的表情变来变去。有一种不可名状的危险，向他直逼过来。他感觉到脸在发烫，心跳陡然加速。有一个声音在告诉他，自己应该马上离开这个女人了，否则会有危险。但他又不知道，这到底是一种什么样的危险，是危险还是魅惑。他更加不知道，魅惑与危险之间实际上仅只一步之遥。

就在那天晚上，青枝又让哈姆送她回去。哈姆没有拒绝。他无力拒绝，也没有理由拒绝，他向着那份危险坚定地走了过去。二十分钟的路程，他走得缥缈如烟，走得恍惚迷离，内心塞满莫名其妙的心绪。脑子却奇怪地空着，像一个全然不会思想的人。

哈姆送青枝进了房间。

这是哈姆有生以来，第一次走进女人的房间。

说不清楚为什么，那晚的青枝哀伤之极，请求哈姆为他留下来，陪陪她。她只想有个人在身边，和她说会儿话。

哈姆同意了。他仿佛被施了魔咒。他居然在青枝的劝诱下，陪她喝了点酒。他完全忘了自己正在修行。在这个要命的夜晚，他同时与酒与色一起共度。他竟如此轻而易举地犯了佛家大忌，完全背弃了他师父的教诲。

生活在高原上的人都善于歌唱，青枝让哈姆为他唱一首。借着酒意，哈姆唱了一首藏族情歌。虽然青枝没有听懂藏语，但哈姆高亢清澈的歌声和旋律犹如凌冽奔放的雪原。青枝一直目不转睛地看着歌唱的哈姆。她忍不住对哈姆说，你穿着这身僧袍唱歌的模样，简直性感至极。

哈姆对"性感"二字的理解，仍处于半知不解的状态。但他脸红了，有点飘飘然。他被酒，被歌声，被这女人的妩媚风情，被意外从心里生长出来的那份喜悦和惊奇，深深地陶醉了。

青枝也把自己喝醉了。酒醉后的青枝，如寺庙里的女神，又如引诱之果。她体态婀娜，双手湿热，她抚摸着哈姆的头发和他的脸颊。哈姆的脸发烫，心里闪着奇异的火光。他沉睡了二十五年的身体，经过一双女人的手迅速被激活。他的身体醒了，活了，处处激荡着野火花。而他的头脑却几乎是僵住的，无法想任何事情。

他听见警钟在某处响起，听见自己堕落的声音，意识到自己正在深深地陷入罪沼。他竭力控制自己，想挣脱对方的怀抱，并想着要向她道歉，双臂却更紧地抱住对方。他在心里渐渐充满感恩。仿佛遭遇奇迹。为了唤醒他,神把她送到他面前。他意外地发现了另外一个自己,那个完全陌生的自己,就这样赤裸而真实地呈现在她面前。他流出泪来,并为之深深哭泣。

青枝也哭了。这是一个哭泣的夜晚。在这块靠近边疆的土地上,在僻远而神圣的加噶多加寺旁边,哭泣是另外一种沐浴。痛哭那些已经失去或正在失去的事物,痛哭过去和今天一切说不出来的东西。

那一夜,那一瞬,她爱上一个佛一般的男人,并让一个佛一般的男人爱上自己。

那一夜,他为她忘却了所有。

抛却了信仰,舍弃了轮回。

只为,那曾在佛前哭泣的玫瑰。

4

雪莲花旅馆成了哈姆和青枝每晚约会的地方。

一个喇嘛每晚天黑之后就往旅馆里面跑,这在外人看来,无疑是一件伤风败俗的事情。为了避开众人的目光,青枝为哈姆买了一套休闲便服,一双旅游鞋,一顶棒球帽。这身行头只要一穿上,哈姆就是一个远足驴子的模样。放置这身行头的是一只外出旅游时用的深蓝色登山包。

从加噶多加寺到雪莲花旅馆,要绕过一小片低矮的山坡。山坡上有几棵已经开始在掉叶的瘦瘦的枯树和一些在高原上才会生长的灌木丛。

哈姆每次从偏门离开,背包掖在宽大的僧袍下面,巧妙地避开僧人们的目光。走到拐弯处，才将那只蓝色背包挎到肩膀上去。

走上山坡，他会选一处长势最茂盛的灌木丛，在旁边坐下来，迅速脱下他的僧袍，换上那套行头，仿佛即将登上另一个人生的舞台。如同每一个登场前的演员，心里充满着未知的刺激和感动。衣服是青枝为他选的，据说能够防雨又防风，还有个名字叫"冲锋衣"，是哥伦比亚的牌子。哈姆念叨了好几遍才记住这个牌子的名称，还记住了它的原产地在遥远而陌生的美国。

美国，对哈姆来说，是历尽千山万水也难以到达的另一个世界。而他却穿着来自遥远世界的衣服，去会见一个仙女一样美丽广阔的女子。这对哈姆来说，是一件多么令人振奋雀跃的事情。

可是，每一次进入旅馆的房间，青枝会让他脱下那套哥伦比亚冲锋衣，换回那套旧红色僧袍。青枝说，冲锋衣只是用来在路上起掩护作用，它是一套来自尘世的衣裳，她不喜欢穿在他身上。脱下它，就脱下了一身世俗气。

青枝喜欢哈姆穿着僧袍的样子，也喜欢哈姆穿着僧袍把她搂在怀里轻声哼唱一首又一首她听不懂的情歌，听着听着，她会抑制不住地感动到落泪。哪怕他们的身体在痴缠的时候，青枝也不让哈姆把僧袍脱下来。就这么披挂在身上，如大地般涌动翻滚。僧袍上酥油的味道和女人身上的体香，以及荷尔蒙的气味，浓浓淡淡地交错、弥漫，旅馆的房间里充满古怪而刺激的味道。这些难以状描、无穷交错的气味一次又一次地带领他们畅欢飞扬，一次又一次地把他们送往妙不可言的天堂。

爱使得他们超凡入圣。性也一样。他们是血肉之躯。坠入爱河里的人，向来就喜欢做梦，喜欢在付出自己的同时，也渴望从对方身上获取更多更广阔的东西。他们是彼此的人间烟火，同时也把对方提升为神。爱是天堂，也是地狱。是拯救，也是毁灭。他们在爱欲交会的世界里难舍难分。享受人间的至美，同时也佛光普照。

哈姆抱着青枝说，我离不开你。

我们不分开。

我们要一起。

永远在一起。

死也要死一起。

多么美丽而充满毁灭的爱与沦陷。

青枝忽然问哈姆,也问自己,她为什么会来到这里?

而哈姆把他们的相遇,解释为是神的安排,是冥冥中一场缘分的到来。

对于这场缘分的出处,在青枝的内心里,却是自知的,是有源头的。青枝来到这个世界的第一天,就没有父亲。她从来都不知道自己的父亲是谁。她母亲在临终时却这么对她说,在这个世界上,她还有一个亲人,在中国的边境聂拉木县城的加噶多加寺。母亲说完这些就咽气了。

那一年青枝刚满二十岁。她根本没时间向她母亲问清楚那个人是她的什么亲人,为什么会在寺院里,为什么从未见过他。太多的为什么,她再也无处追问。但直觉告诉她,这一定是个非同寻常的亲人。或许就是她从未谋面的父亲。当"父亲"二字在青枝脑海里一闪而过的时候,她打了个激灵。在她的生命里,这是个令她爱恨交加、既熟悉又陌生的名词。几乎在所有的时刻里,她都在意念里想象与默念着这个名词。

从她二十岁走到三十岁,十年的光阴流逝,在这些没有母亲陪伴的日子里，青枝独自一人漂泊于杭州这座城市，历尽各种辛酸与苦痛。在某个突然出现的无助又黑暗的时刻里，"父亲"这个模糊的词语，在她脑海中一再浮现，并在她心里翻江倒海般得以提示。

　　终于有一天，她决定只身踏上前往聂拉木的路途。她自己也不知道，她母亲的临终遗言，在经历了整整十年的光阴之后，又在某一个时刻突然就在她身上起到了某种说不清道不明的化学反应。

5

自从跟随青枝这个女人走进旅馆房间那天起,哈姆的魂,再也没有回来过。他的魂已回不去他的身体。青枝,这个美丽温柔的女子,就是他的魂,是他的神,是他的信仰,是他的修行,亦是他活下去的全部意义。他整个身心都充满着柔情蜜意,完全深陷于爱的沼泽地里难以自拔。如果说,在这个世界上还有什么事物是让哈姆因迷恋而上瘾的,那就是青枝。这个女人的爱情和她的温柔以及她的身体,早已让哈姆欲罢不能,无法回头。他也没想回头。每天晚上,他都像着了魔一样,浑身发热地背着他的那只双肩包,坚定不移、不管不顾地走向雪莲花旅馆,梦一样走向一个女人充满情欲又温柔的怀抱里。

而青枝，也完全陶醉在哈姆对她的痴狂迷乱之中。她从没遇到过一个男人，可以为她全身心地投入，痴狂如此，迷恋如此！

——那么，这一定就是爱情了。青枝一度认定，爱情的本质应该就是这个样子的。她要将他带回去，带回自己的世界，与她相伴到老。

青枝问哈姆，你愿意跟我回去吗？

我愿意，我要跟你去天堂。

青枝也知道，这时的哈姆早已经是个没脑子的人了。他只有一颗被爱魔所控制的狂热而痴迷的心。就像一个完全酒醉了的人，不会再有任何的理智思考，只听凭强而有力的潜意识里的一种感性召唤。青枝也是醉着的。只不过，她的醉，更多的是一种清醒着的陶醉，是飘飘然对美和纯洁爱情的幻想冲动。

没有密不透风的墙，惊人的秘密从雪莲花旅馆里风一样传出去，传进加噶多加寺，传进吉索的耳朵里。

那个白天，太阳光明晃晃地照耀着大地。吉索和往常一样，不动声色地安排哈姆和他的师兄弟们去诵经。

他自己却溜了出去。

他要去会一会这个让哈姆丢了魂失了魄的女子。他从小把哈姆当儿子般疼爱和教育,哈姆是他最亲的人。带大和教育好哈姆,是他生命中最重要的修行之一。如果有可能,他要用全部的力量去帮助哈姆。苦海无边,回头是岸。他亦坚定地相信,佛法无边,一定会有办法拯救哈姆脱离苦海。

吉索威严而庄重地举起那只充满信仰的手,用手背敲响了雪莲花旅馆的房门。

青枝正在收拾她的行李。她愣了一会。当敲门声再次响起,她才走过去开门。她在心里想,明明和哈姆约好了天黑之后出发的,怎么大白天地,哈姆就急着赶过来了?

房门打开了,是一位五十多岁的清瘦的喇嘛,脸容憔悴,表情里却透露出一股异常庄严与肃静的力量。青枝从没见过这个人,但她立即意识到大事不妙,一定是哈姆和她的事已经走漏风声。前来找她的这个人,很有可能是哈姆的师父。

但,青枝是见过世面的女人,她立即克制住内心的慌张，让自己保持冷静，并用温和的语调问：师傅，请问您找谁，您是否敲错门了？

吉索突然愣住，仿佛遇上了魔撞见了鬼那样，他蠕动几下嘴唇，脸上的神经使劲抽搐了几下，一时之间竟然说不出话来。他目不转睛地盯住青枝，像刹那间被攫走了魂灵的人，突然失了神。

青枝叹息一声，心想，也难怪，一个长年住在寺院里的人，恐怕一辈子也没见过几个女人。还没等青枝关门送客，吉索已踉跄而去，连只言片语都没说出口。

6

　　吉索从雪莲花旅馆一步一步走回加嘎多加寺，那短短二十几分钟的路程，仿佛耗去了他毕生的精力和元气。他把自己关进房间里。哈姆他们还在诵经室。几十位僧人聚在一起低声诵经，回响的声音灌进他耳内，那是充满信仰和祈祷的回响，也是洗涤人灵魂的回响。此刻的他，却什么也听不进去。

　　他重重地跌进了回忆的深渊里，那可怕的黑洞般的深渊，一扇关闭了三十年的记忆深处的暗门，咣一下被撞开了——

　　三十年前的场景回来了。

　　三十年前的女人回来了。

三十年前和他一起受尽耻辱的人们，他们拉帮结队地也悄悄地溜进了他的记忆，以迅雷不及掩耳之势呈现于他眼前，躲也躲不开。

他原以为自己早就远离了以往的内心折磨。他日夜念经、修行，修自己，又炼自己，日复一日，年复一年，自我控制的能力就如一根坚硬的树干，帮助他横拦在通往记忆之门的道路上。他的思绪从没跨过那根自我控制的思想的树干。他知道，要是走上那条叫作回忆的路途，他就会一遍又一遍无休无止地往回走。自古以来，回忆那些苦不堪言的从前和旧事只会让人崩溃，变得丧心病狂，变得生不如死。他必须用理智和佛法加以控制和规避。必须！

可是谁又能想得到，命运如此捉弄人，他居然一头撞见了她！红梅——，他差点要喊出这个女人的名字。当时他只是动了动嘴唇，忍住了。他简直不敢相信自己的眼睛。三十年前的她和三十年后的她，居然长得一模一样。神态举止连同询问人的那个表情都是一样的，只不过变得更加时尚和精致了。隔开三十年的长度，她们完全是同一个人——她和她是母女。

那么，离开他之后，她还是生下了她——他们的女儿。

三十多年前，当"文革"大潮涌向聂拉木县，所有僧人都被打成"反革命"。成批成批的僧人从各个寺院里被赶出去，流放的流放，拘捕的拘捕，改造的改造。他们是一群一边念着经、一边吃着牛羊肉、身上飘散着酥油味的"妖魔鬼怪"。

红梅是考古队的队员。那一年她只身进藏走阿里，花掉了身上所有的钱，流落到聂拉木，鬼使神差加入这股潮流中，脱不了身。

吉索那时还不是吉索，他的名字叫占堆益西。但在那个时期，藏人不许拥有自己的名字，拥有这些古怪的名字的人，全都是反革命分子。在参加插队劳动的名单里，他偷偷填了一个当时流行又安全的名字：陈保国。这个名字让他安然度过了轰轰烈烈的革命高潮。

是在插队劳动的时候，他遇见了红梅。

至今想来，都很离奇。遇见她时，他和她一说话就有特别的感觉，两个人居然交谈起来，直至一发不可收拾。之后的交往越来越密，越来越深。在那个年代，他们是彼此的精神依托，是彼此活下去的唯一动力。

当时的红梅并不知道他是一名僧人。她只知道，他们都是无辜的受害者。后来，当她知道隐藏在他背后的真实身份时，已经怀上了他的孩子。

他想过为她还俗，跟随她回到南方去，去一座叫杭州的城市。他听人说，杭州是人间天堂，那里四季花开，那里美女如云。

革命浪潮过去，红梅坚持要回南方去，哭着求他一起回去。他却胆怯了。他生于高原长于高原，他怕跟她到了天堂般的城市去生活，会无所适从，会处处丢人现眼。况且，从某种意义上来说，他还是个没有还俗的僧人。他没有勇气跟她走。

他知道红梅忍受着天大的委屈，一个人回到了南方。自从红梅走后，他的良心日日深受谴责。那段日子是怎么煎熬着过来的，他最不愿提起。

别后那几年，他一点也没有她的消息，也不知道她过得怎样。他从没去过杭州。好几次，他心里会涌起一股冲动，推着他，劝他去，不管历经多少辛苦，也要去杭州看一看。虽然到了那座城市，不一定就能够见到红梅。但总是要到一到。

他这么想着。每天都这么想着。可一直没有动身。他又幻想着，或许哪一天，她会突然出现，就会重新见着她，和她在一起。谁知世事变幻无常，风筝断了线。本来线也不在他手上。

后来寺庙得以重建，僧人可以重新回到寺院去念经修行。他又回到加嘎多加寺，恢复了原来的身份，重新拥有了属于他自己的名字：占堆益西。

几年之后，他当上了吉索。他知道，他日思夜想的女人在杭州，在天堂般的城市。但他不能再去找她了。他咬咬牙，不再想她，也干脆断了等她的念想。硬着心修炼自己。

三十年后的吉索，闭起双眼，盘腿坐在床榻上。

他在等着哈姆。

诵经结束后的哈姆，却没有直接去找他师父，而是在释迦牟尼佛像前长跪不起，他是要跟佛跟这座寺庙以及他的师父做一个决然的告别。他想起师父说的话，修成正果，即可成佛。他不知道成佛之后他又能怎样，如果是他们说的去天堂去极乐世界享福，那么，他觉得和青枝在一起的日子就是享福，跟青枝去杭州，就是去天堂去极乐世界。当他起身仰起脸的时候，已是一副决然别离的神情。他心想他师父一定不会轻易答应他。但，哪怕他师父不答应，哪怕天塌地陷，他已然决定，死活都要跟青枝在一起。

看见远远走过来的哈姆，吉索在心里想：哈姆比我勇敢。他这么想着，在心里已是老泪纵横。但他克制着。他当然不会为难哈姆。他主动对哈姆说：我知道你是来跟我告别的，去吧，虽然是去往俗人的世界，但这也是另外一条通向修行之路。你要记住，无论发生什么事情，都要好好对待你身边的人。

吉索交给哈姆一个布包，那是他所有的积蓄。

这令哈姆惊诧不已，又受宠若惊，他万万没有想到师父会这么干脆利落地答应他还俗，并同意他离开。他扑通一声跪于地上，深深磕了几个长头，拜了再拜。起身之际，已是热泪盈眶。

7

哈姆跟着青枝飞到了杭州,像一脚踏进了人间天堂。杭州的精致和美丽,完全出乎哈姆的意料。虽然在来之前,他已想象过无数种可能性,但这座城市对美与文明的追求程度,仍然超越了他所有的想象。

青枝帮哈姆找了间出租房,在玉皇山脚下,是一套农宅,带个小院子。没有邻居。无须跟任何人发生关系。这是一处绿树环绕、风景秀美的地方。离开出租房,朝北走一小段路,再往西走几分钟,就可见到著名的雷峰塔,边上就是美丽妖娆的西湖。

哈姆和青枝住进出租房里,开始过上不被任何人打扰的二人世界。那段日子,青枝哪儿也不去,天天窝在出租房里。爱与痴缠,成了他们日夜进行的事情。在雪莲花旅馆里，他们毕竟心怀禁忌，也得顾虑到旅馆边上人的感受，因此，他们总是小心谨慎，唯恐哪里出了乱子，会殃及哈姆的声誉。而现在，他们完全到了放纵自由的地步。

还俗之后的哈姆，比一个俗世间的人还要自由千百倍。在这个世界上，他没有任何亲人和牵挂，也没有任何家累和琐事，赤条条独自一个人。青枝就是他的全部，是他的整个世界。

他的身体，他的心，他所有的一切，统统属于青枝。在这之前，他哪有碰过什么女人，连看一眼女人的机会都不太有。也从来都不曾如此妄想过。他做梦都不曾想，他居然可以怀里抱着一个仙子般的女人，日日神魂颠倒，夜夜醉生梦死。

哈姆毕竟年轻，在寺庙里修行，同时也练就了强壮结实的身体。他可以没日没夜地陪青枝，他只要一吻她，就一发不可收拾。他把她的嘴唇含在嘴里，他下面就已经进入对方的身体，一切进行得自然而然。而青枝也从未如此享受过。顺着身体的起伏，两个人几乎在烈焰般的感觉中醉死过去。每一次的缠绵过后，哈姆会觉得他这一生的享受，都在这一刻用尽了。哈姆总是会听见青枝在耳边温柔低语，你是我的，你就是我想要的男人。偶尔，哈姆会从沉睡中醒来，而青枝却仍在熟睡中，赤裸着身体，头枕在他胳膊上，脸依偎着他的胸口，双手仍紧紧抱着他。甚至在梦里，她的嘴唇仍会习惯性地去亲吻他。他看着她充满欲望的漂亮的脸和充满诱惑的性感的身体，他觉得哪怕就只拥有这一刻，立即让他死去，也是值得的。他时时刻刻都被这种排山倒海的幸福感觉弄得晕眩不已。

只是，有一个细节让哈姆想不明白。每次在上床之前，青枝就要他穿上那套僧袍。她不知道他穿着那一身僧袍有多麻烦。他偶尔也会在心里暗自生气，她要他穿它干什么？

他听她说，很多人在做那个事儿的时候，都会有些小小的嗜好。比如，有些男人就喜欢女人穿着高跟鞋长筒丝袜跟他做，而有些男人干脆喜欢跟女人在浴缸里做，哪怕抱到床上，也不许女人擦干身体，非得湿着身体做。那么，青枝喜欢他穿着僧袍，也即是她的一个小小嗜好。这对他来说，也不算什么大不了的事。只要是他能够做到的，他都愿意去为她做。这身僧袍，他本来是不会再带来的。他还了俗,已没有再穿僧袍的必要,是青枝一再叮嘱他,非得让他带上,他才把它带到杭州来。

有时候,哈姆也会想,他是否也有什么嗜好呢?他闭起眼睛想。但是,他发现只要他一闭上眼睛,满脑子都是青枝,她的身体,她的喘息,她的呻吟与尖叫。青枝的每一寸肌肤包括气息,都充满诱惑,都是他嗜好的。他可以随时进入她的身体,随时为她疯狂,随时为她去死,直至被榨干最后一点精气。

这种疯狂的程度,差不多持续了一个月。这一个月的时间,是怎么度过去的,想来很是恍惚。每一个日子疯快着过,每一个日子,也缓慢得可爱。

青枝做事情手脚麻利,她会以很快的速度煮面条,或者做一些可口的饭菜。她还懂茶道。

而哈姆除了念经,偶尔为青枝唱一支情歌,便什么都不会了。他连喝茶都不会。他从来都不知道,端起茶杯来喝口茶,还会有如此繁复的讲究。泡茶,他就更加不会了。那一道道的程序在他看来复杂又深奥。而在青枝那里,却如行云流水,简直就是一种享受。

青枝在泡茶的时候,就让他坐在身边念诵经文。有时候，青枝听着听着，离开茶席，像兔子一样蹦到哈姆怀里去。茶喝一半，经念一半，两个人便又抱着对方倒在床上。然后，再继续喝茶念经。

但是，青枝后来似乎已不满足于他念诵经文了。她一句都听不懂。他念什么，在她听来都是一样的。她让他为她讲一些跟佛教有关的刺激的事情。跟佛教有关的事情，哈姆能讲出一大堆，但却和刺激无关，很让人沮丧。想破了脑壳，哈姆终于想起佛教中"燃指敬佛"的故事。单听这四个字，青枝刹那间双眸放光，生出既敬又怕的神情。她以前可从没听说过有这么一件事情。有很多个夜晚，她都自然而然地沉浸于哈姆描述的场景里去——

夜晚的寺院，大殿寂静无声，高深莫测又空旷。一轮皎洁的明月，洒下一片斑驳的银光，月色朦胧，树影闪烁，五彩的经幡和洁白的哈达在寺门前飘扬。月光下飘过来一位肃然的佛教徒，手里举着一小束光。那一小束光源来自他的左手食指，火苗跳跃。他在一个多月前就用一根细绳扎紧食指根部，让整根食指慢慢失血，死去，然后沾满酥油，点燃手指，右手转着转经筒，口中念着六字真经,来到佛前。他跪下去,沾满酥油的手指一直在燃烧,而他不觉得疼。如此决然的行为,只是想对佛祖表白他的感恩,表达他对佛的坚定信仰……

这种远离尘世、神秘、虔诚又飘逸的宗教体验,让青枝莫名感动,又心生恐惧。每当这个时候,她就会没命地钻进哈姆怀里。她反复问哈姆,你也会为我如此付出吗?

哈姆说,我可以为你去死,我的整个人和我的心和我的生命,都是属于你的,失去一根手指算得了什么。

青枝听哈姆反复说这些话会激动得热泪盈眶。对哈姆的爱也变得更加投入,更加疯狂,更加难以把持。

那天夜里,窗外下着滂沱大雨,青枝手举一只青铜茶器站在那里发呆。那茶器上面刻着一只小小的兽雕,她一直在细细端详着。哈姆赤着脚靠近她,她亦浑然不觉。

哈姆很好奇,青枝为什么会对一只青铜茶器产生如此大的兴趣。

而青枝却在想象一种极致的美,她的思绪正穿行在想象的道路上。

回过神来的青枝对哈姆说,你知道从古代流传下来的一些青铜器为什么那么美吗?那上面雕着的兽和花纹,年代越久越美。据说,追溯到周朝末年,铸匠在炼制这些青铜器的时候,会与他相爱的女人在炼到最关键的时刻双双跳进熔炉里去,与正在进行熔化的金属一起熔化。他们的这种行为,只是让他们炼制的青铜器能够得到最完美的阴阳结合。

哈姆听得毛骨悚然。他觉得这个"阴阳结合"的行为比"燃指敬佛"更为决绝,更要惨烈千万倍。燃指,只是失去身体微小的一部分,而双双跳进熔炉,却是两条命。

青枝说,死并不可怕,死也不足惜,只是,要看为了什么而死。

哈姆忽然不敢去碰青枝手中的那个青铜茶器。他对它充满宗教般的敬畏感。

奇怪的事情发生了,哈姆只要一看到那只青铜茶器,就会想起两条生命纵身一跃跳进熔炉的镜头。他会紧张得满头大汗,浑身颤抖。抱着青枝的身体,就会迅速虚软下来。

哪怕青枝对他解释,那只青铜茶器并不是从周朝流传下来的，而是一只普通的古董。她只是借题发挥，由它生出些想象罢了。

但哈姆还是不行，心里始终克服不了障碍。仿佛这屋里忽然摆出一件法器，专门就是为了来镇压他的。直至青枝将那只茶器移走，他才恢复正常。

青枝也会带哈姆出去走走，让他认识一下杭州这座城市。其实，他们所到之处，也就是围绕着西湖四周。他们在逛西湖的时候，青枝并不太同哈姆说话，似乎觉得并没什么好说的。偶尔在外面饭馆里吃饭，也不太交流。两个人说上几句必要的话，默默吃完就走。

但是，回到出租房，躺在了床上，他们的身体便又活了，话也多了起来。

那夜哈姆和平时一样紧紧抱着青枝。他忽然想，这个在他怀里快乐疲倦过后蜷缩成一团仍在幸福颤动的肉体，多半只是贪恋他的身体。她不管不顾放弃一切，尽情与他享乐，或许也只是为了满足她的一份性欲和好奇。但，纵然如此，又何妨？对哈姆来说，不管青枝出于什么样的目的，他都接受，他都要，他都爱，他只要跟她在一起。哪怕下一分钟为她去死，他也愿意。

8

就在那夜,青枝告诉哈姆,她得回去工作。那句话,瞬息间将他们从梦幻般的童话世界里拉回到现实生活。

哈姆从来没想到过,在这个世界上,居然还会有"工作"这件事情。也从来没有想过,青枝,这个天天陪他欲仙欲死的美丽女子,怎么会与"工作"发生关系。

青枝跟他解释,她在杭州开了一家梅茶馆。这段时间,她一直没回茶馆去,她得回去工作一段时间。等那边事情处理妥了,她会再回出租屋来陪他。

青枝说的每一句话,哈姆都信。但是,他又觉得青枝的话里,总有些不对劲的地方,但到底哪儿不对劲,他又想不出来。

青枝买了一只手机给哈姆,并很快教会他打电话、发短信。

第一个晚上,哈姆就给青枝打了个电话。他打这个电话完全是出于好玩,他第一次用手机。他在手机里听到青枝的声音时,异常激动。大声问青枝,喂,你在哪儿?

青枝说,我在茶馆里忙。

哈姆说,天都黑了,你怎么还在忙?

青枝说,天黑之后生意才好。

哈姆说,那你晚上睡哪儿?

青枝说,我这边有屋子,可以睡。

哈姆说,你那屋子在哪儿,我可不可以过去找你?

青枝说,我在忙,你没事不要再打电话。

哈姆说,那你什么时候忙完?

青枝说,不知道,你没事不要打电话。

哈姆还想说什么,青枝已经把电话挂断了。哈姆没想很多,觉得青枝真的很忙,没空来陪他。

那晚,是他到杭州以来,第一次一个人睡觉。

居然一觉睡到中午,太阳热乎乎又懒洋洋地爬上他的肚皮他才睁开眼睛。他有些恍惚。有一种很不真实的感觉。身边没有人。青枝不在他身边。他在床上打了个滚。床垫很软。他也是头一次知道，这种床垫有一个好听的名字，叫"席梦思"，里面塞满厚实柔软的海绵，还装上了无数的弹簧。难怪人睡在上面只要一翻身，就会有一种被弹起来的感觉。

哈姆在床上伸了个懒腰，微眯起双眼，看着天花板，想了想青枝，想她美丽的音容笑貌，想她彩虹般柔软弹性的身体。她是从天而降的女神。这一切发生得如此突然，完全令他措手不及，却又自然而然。似乎他修行独守了二十五年，就是为了遇见这份美。他相信，这一定是他前世积下来的德，在今生来享福了。

下了床，哈姆觉得有点饿了。可是，他不知道怎么弄吃的。微波炉、电饭煲、煤气灶、烤箱、豆浆机，他从来都没有使用过。在寺院里，他们只管跟师傅念诵经文，和师兄弟辩经斗智。做饭自有做饭的僧人。在寺院每个人的分工都非常明确。他只要在开饭的时间，跟着大伙集中到食堂里去吃就行。

现在青枝不在他身边，他必须自己动手。

冰箱里面有两只鸡蛋、几块生面包、一些生面条、一大包饺子粉、两包速冻饺子、一包速冻鸡爪,还有两块生姜,两只蒜头和一小捆洗干净的嫩葱。他摸摸这个,又嗅嗅那个,不知道怎么吃。面条不会煮,面包也不会烤,速冻的饺子和鸡爪拿在手上硬得像铁块,他根本不知道拿这些冰冷坚固的物品怎么办。

想来想去,还是吃鸡蛋。他吃过青枝做的各种鸡蛋:煎鸡蛋、炒鸡蛋、蒸鸡蛋……每一种鸡蛋都香喷喷的很好吃。他还记得青枝说过,炒鸡蛋的时候,只要撒些葱花上去,整盘鸡蛋就会很香。可是他忘了,葱花到底是怎么撒上去的。是先拌在鸡蛋里呢,还是鸡蛋炒熟了再撒上去,想了老半天,决定先切好葱再说。他花了好长时间,拿菜刀将几根葱切成碎末,放到一只干净的小碗里。他先拿起一只鸡蛋在灶台上敲击一下,下手稍重了些,蛋白蛋黄一下子撒了出来,粘糊在灶台上。他赶紧用手去抓,想把它抓起来放到碗里去。蛋黄被抓破了,只捞回来一小半。敲碎另一个鸡蛋的时候,他分外小心,只在灶台上很轻地碰了一下,又发生了和前一只鸡蛋一模一样的情形。他将铁锅放在煤气灶上,研究了半天,才将煤气灶点着。他很快将鸡蛋倒进去,翻炒几下,又把葱花也一起倒进去，忽然想起没有放油和盐，找了半天，也没找到油瓶和盐瓶放在哪儿。等他终于找到时，锅里已散发出一股浓重的焦煳味，赶紧倒进去一些盐，油是来不及放了，直接盛进碗里。闻来还是香的。可惜太少了，只那么一点。再来二十份都不够他吃。他拿起筷子扒进一口，只扁了扁嘴巴就哇的一下吐了出来，眼泪都咸出来了！嘴巴里还留了几颗没来得及融化的盐粒。他放下碗筷，冲到水龙头下面，用嘴巴接住自来水，稀里哗啦地漱完口，才将嘴里的咸味冲淡一些。

他很是沮丧，拉开冰箱门，在冰箱前站了好久。他的眼睛从那些食物上看过来又看过去，湿寒的冷气从冰箱里扑面而来，他觉得有些冷。他再不敢去拿别的东西，他对自己已完全失去信心。他沉重地关上冰箱门，颓然地走出去。他一个人走啊走，朝西湖边走，一直走到南山路上。

南山路上人来人往，车子可真多。他一个人走着，左边是西湖，右边是一幢幢楼房。这是青枝带他走过的路，他提醒自己不要走太远，他怕会找不到回家的路。城里的房子太密集，又都是高楼大厦，每一栋房子都挡着人的视线和方向，没有青枝在身边，在心底里无端端地生出些恐慌来。

哈姆很想知道，青枝她到底去了哪儿。这个时候她会在干什么。他掏出手机想打个电话给青枝，他想她了，举起手机却又犹豫了。他想起昨晚青枝在电话里跟他说，没什么事别打电话给她。他重又将手机放回裤兜里。

西湖边来来往往很多情侣，他们手拉着手，神采飞扬，亲昵万分。他们跟他擦肩而过。他偶尔会回过头去，追着他们看几眼，不免有些忧伤。

经过一家餐馆，叫"西湖春天"。他站在餐馆门口，想起有一个晚上，青枝就是带他走到这里，然后进去吃了顿饭。都是青枝点的菜：西湖醋鱼、东坡肉、龙井虾仁，会跳舞的茄子，每一道菜都精致无比，也鲜美无比。更可人的是，对面就坐着他心爱的女人。

但是现在，他却失魂落魄独自一人，晃荡了那么久，他真的很饿了，很想进去吃点东西。却又有些胆怯，他不太懂得怎么点餐。他觉得一个人坐在餐馆里点东西吃，多少会有些难为情。他看了几眼餐馆敞开的大门，不太敢走进去。可是他总得吃点儿什么吧。他继续往前走。

路两旁的草坪就像绿色的地毯，树木间点缀着无数不知名的小花，美得犹如仙境。他感觉他自己就在一个完全陌生的仙境里走。有些迷离，有些梦幻，又有些惶惶然说不清道不明的感觉。

又经过几家咖啡馆和酒吧，从屋里飘出来的咖啡香温暖而诱人。可是他只想尽快找到一家面馆或小饭店，可以让他坐下来休息一会，吃些饱腹的食物好走回去。他不断往路两旁看，终于看到一家叫"翡翠宫"的餐馆，看上去很干净，门面却不大。他饥饿的胃已经发出咕咕的叫声，早就在向他抗议了。他忍着饥饿走进去，找了个角落坐下来。不等他招呼，有个身穿粉紫色旗袍的服务员走过来，微笑着递给他一本菜单。他用双手捧着，一页一页地往后面翻过去。越翻到后面，菜的价格就越贵，到后来，他的脸色都变了。他不知道点什么好，如何下手。随便哪个菜，都在几百块以上，稍便宜些的冷菜，只那么一小碟，也要几十块。他觉得身体有些热，额头沁出些细细的汗珠子。

服务员端过来一杯白开水，里面飘浮着几朵白菊花。又夹给他一片洁白的小毛巾。小毛巾热乎乎的，好像刚从热水里捞出来。他擦了擦汗，终于下定决心点了碗"片儿川"。片儿川是杭州最著名也是最家常的汤面，浇头由雪菜、笋片、瘦肉组成。上次青枝亲手做给他吃过。他觉得很好吃。当然他此刻点这碗面条，并不是为了想念青枝，而是这碗面条是这本菜单里最最实惠的，八十八块一碗。虽然这个价格仍然是贵得吓人的。要是在聂拉木的小饭馆里，八十八块钱，可以请好几个人吃到肚子撑破。但他现在实在走不动了，只想赶紧吃碗面条喂饱自己。

可是服务员却笑着告诉他，不点菜，只点一碗面条是不可以坐在这里吃的，这里不是面馆。

居然会有这么个规定。哈姆完全傻眼了。可是菜单里明明有面条啊。服务员依然和风细雨地告诉他，这种片儿川只是这本菜单里的配菜，只点一碗面条而占用一张桌位，店里会亏本。开店的当然不会做亏本生意。服务员温和地把道理讲给他听。他摸了摸口袋，也不知身上带了多少钱，他怕点多了会付不起。

他只得抱歉地站起身。看见美味的菜肴冒着热气一盘盘端向别的餐桌，菜香和肉香扑面而来。他咬着牙，脸微微红着,慢慢挪出饭店。他被强烈的饥饿感淹没了,有点呼吸艰难。走出饭店大门,他哭的冲动都有了。他没想到在这人间天堂,想吃一碗面条却难如登青天。

他整个人虚飘飘的,低着头,走回出租屋。出租屋的门居然敞开着。出门时明明关紧的,怎么门它自己开了,莫非是青枝回来了?!他一阵小跑,冲进屋里,一看,屋子里被洗劫过似的,床上的被褥、橱门、柜子全都被翻得乱七八糟。吉索交给他的一包钱,他放在抽屉的角落里,也不翼而飞。还有他的衣物,也都荡然无存。他惊心动魄地查看着房间,暗自想着,为什么在这么美丽而富裕的人间天堂,居然还会有偷东西的人。

他双手抱膝,万念俱灰地蹲在地上,陷于一种不知所措的境地。怎么会这样?他不知道接下去该怎么办。

青枝说过,没什么事情不要给她打电话,现在出了这么大的事,他想他应该给青枝打个电话了。

青枝接到他的电话,一刻钟不到就出现在他面前。这么快的速度,令哈姆惊讶不已。这么说,青枝离出租屋并不远。青枝看了看门锁,没有被撬的痕迹,就知道他出去时没锁门。

青枝很快为哈姆下了一碗热气腾腾的面条。捧着那碗面条，哈姆再也没忍住，像个孩子般委屈地哭出声来。

青枝也流泪了，不断向他道歉。她怪自己走得太匆忙，疏忽了哈姆吃饭这件头等大事。她让哈姆先吃面，她自己开着车去超市买回来很多熟食，有各种水果、饼干、蛋糕、巧克力、糖果、牛肉干、点心、牛奶、酸奶、方便面等，都是不用下锅煮直接就可以拿来吃的东西。满满当当装了两大纸箱。除了食物之外，还帮哈姆买回来两套换洗衣服。

哈姆又是感激又是害怕。青枝为他准备了这么多吃的，又准备好了穿的，他知道青枝又要走了。他怕离开她。没有青枝的日子，他没法过。

青枝劝慰他说，她离开他只是暂时的，等她把那边的事情解决了，她很快就会回来和他在一起。

那边到底在哪儿？

那边的事情，到底是些什么事情？

哈姆很想知道，也很想帮青枝一起去解决。而青枝却说，没有人能帮得了她。她让他别再多想，也无须为她操心，只要给她点时间，安心等她回来就是。

青枝帮他收拾好东西，又把水果全部洗干净了，放进冰箱里。她看见冰箱里的那些速冻食品，随便哪一样，只要稍微加工一下，就能够拿来吃，而哈姆竟然什么都不会。她的心疼了一下，眼圈又红了起来。关好冰箱门，哈姆已等在她身后，她默默地抱住哈姆，再一次泣不成声。

吃饱了的哈姆，又恢复了体力，抱着青枝的身体又开始燃烧起来。他抱着青枝往床上去。可是，青枝却怎么也不得劲。她终于问哈姆，你那件僧袍呢？

哈姆说，也被人偷走了。

青枝有些失望，她闭上眼睛，让哈姆抱紧她，再抱紧一些。可是，她始终打不开自己。哈姆觉得很奇怪，他怎么努力都进不去青枝的身体，青枝的身体是干涩的，是紧闭的，就像一扇上了锁的门。他像一只失去方向的无头苍蝇，简直要疯了，要崩溃了。但，就是不行，怎么努力都不行。

青枝的手机响起来，她立即跳下床去接电话。哈姆听见青枝在说"对，我在茶馆里，六点？好的，我等你……"青枝的神色有些慌张。

哈姆心里很奇怪，青枝明明在出租屋，却说自己在茶馆，她在对谁撒谎？

哈姆希望青枝再回到床上，回到他身边去。可是青枝已经在穿衣服了。她说，我得赶紧回茶馆去，晚上六点要出去吃饭。

和谁呢？哈姆忍不住问。

一个你不认识的人。

穿好衣服的青枝拎起包就走了。临走之前，青枝还是过来抱了抱哈姆，让哈姆在她脸上亲了亲。哈姆强忍住不舍，请求青枝快点回来。

哈姆站在窗口，看着青枝走向那辆白色车子。他到杭州才知道这种车子叫宝马。马路上好多好多不同款式的漂亮车子，在以前他从来都没见过。在聂拉木没有那么多车子，偶尔看到的，也是普通的面包车和几辆越野车。然而，车子再多，再名贵，哈姆没有心情去关心，在这个世界上，他只关心一个人，他死去活来爱着的那个人，就在同一座城市，在离他不远的地方，他却不能够去见她。

9

没有青枝的日子,哈姆真正尝到了度日如年的滋味。他每天活得像一只游魂。太阳上山的时候,他醒来。饿了,弄点吃的。渴了,倒点水喝。实在无聊了,就一个人走出去,四处逛荡。夜幕降临的时候最难熬。他像一个嗷嗷待哺的婴儿,突然被宣布断奶,却无处争取,那样的满心凄惶和惴惴不安。当他闭上眼睛的时候,满脑子都是青枝的模样。梦里梦外,全是青枝。过去一天又一天,渐渐地,青枝在他的梦里,也变得越来越不具体了,像来历不明的梦本身,飘忽而来,又飘忽而去。

好几次哈姆没忍住,给青枝打去电话,可是,电话都被直接掐断。哈姆几乎陷入绝望。他甚至觉得青枝已经不再要他了,把他一脚踢开了。但平静下来想想,又觉得不可能。他相信青枝是爱他的,就如他爱青枝一样。否则,她就不会千里迢迢将他带到杭州来,还为他租了房子。他相信青枝处理完事情之后,一定会回到他身边,再也不会和他分开。

出租屋前种着那棵桂花树,刚搬进来住的时候,还是不动声色的,这几天太阳暖暖地晒下来,秋风一吹,星星点点地冒出来一些细碎的金黄色花朵,散发着沁人肺腑的芳香。每天一推开窗,就会嗅到花香,真是陶醉一般。桂花树下的那丛菊花也开出来一些,大朵大朵的,也是黄色的。菊花好看,桂花香气扑鼻,要是有青枝在身边该有多好。也许,等花开得再艳一些的时候,青枝就回来了。哈姆反复对自己说。他需要学会等待。他又开始念经。只是他再也不能够专心。念诵经文也不能够使他平心静气。他被心魔死死缠住。日夜被自己的欲念和期盼所折磨。惶惶然不可终日。

他仿佛得了一种奇怪的病。但他心里很清楚,这种病只要见到青枝,它就会自动消失,他才能够安静下来。现在,他只能失魂落魄似的,一个人走出去。几片树叶无风自落,掉进他怀里。他捡起一片树叶玩赏,拿到鼻子底下嗅了又嗅。树叶也是香的。他很奇怪,在这里,连风吹过来都是带着香味的。风里混杂着各种花草树木的香气。西湖边到处是花,是树木,是修剪得整整齐齐像绿绿地毯一样的草坪。走在林荫小道上,脚边自然而然地沾起一些芳草的香气。

那天,他一个人木然地走着,忽然便看见一辆白色宝马车从他身边开过去。他认出来那辆车就是青枝的。他停住呼吸,紧张到连心跳都停止了,急步追上去。

可是他哪追得上。路上的车子像长龙,一辆接一辆,终于,连他的目光都追不上了。他不知道坐在车里的青枝是否也看见他了。他追着她的车跑,他身后的很多车子都为他刹车,为他亮起警告灯,但却并不摁喇叭。他听青枝说过,杭州是座文明城市,在这座城市里,尤其在风景区,所有的车子都必须按交通规则开车,严禁鸣喇叭,否则会被罚款。他有些想不明白,开自己的车,摁几下自己车里的喇叭,为什么也要被罚款?

他的手机突然响了起来。这是青枝离开他后,第一次给他打电话。她说她看见他了,叫他不要乱走,就在湖边等她,她办完事就过来。

谢天谢地,原来青枝也看见他了!还让他在这里等她!挂断电话的哈姆,开心地孩子一样手舞足蹈起来。他多么想高歌一首。但他只是张了张嘴,提醒自己在这里不能唱歌。他认为坐在车里摁喇叭都要被罚款,要是在这里大声唱歌肯定也会被罚款。

直至天黑下来,青枝才出现在他身边。他们坐在草地上,夜西湖灯影闪烁,对面的断桥和保俶塔掩映在灯影下面,出来夜游的人,陆续出现在西湖边和断桥上。这是秋意渐浓的夜晚,每一个角度望过去,都是一幅绝美而安静的画面。哈姆坐在草坪上,沐着从湖面上吹过来的清凉的晚风,吃着青枝带来的尚有余温的小笼包。那个瞬间,他又回到了人间天堂,回到了温柔缱绻的美好里。

吃饱了的哈姆,又想知道青枝到底住在哪儿,她的茶馆开在哪儿。他想他一个人闲着也是闲着,他真心想过去帮帮青枝。哪怕让他跑前跑后,帮忙擦个桌子添个火也好。

青枝的眼里却充满泪水。她背对着哈姆说,我已犯下不可饶恕的罪,我该如何赎我的罪?

你有什么罪?

罪在我心里。

哈姆走到青枝面前去,她的眼神虚虚渺渺的,虽然眼泪强忍住没往下掉,但哈姆看得出来她是把泪硬往心里吞了。她内心的痛苦挣扎和无助,他感觉得到,却不知道她的痛苦到底来自何处,如何才能帮到她。

哈姆说,若要清算自己的罪,我们每个人生来都有罪,人生即罪。

这种说法在青枝听来,宗教味未免浓了些。她对哈姆说:现在我唯一可以信任的人,就是你。可很多事情,我却没法告诉你,只能一个人去面对。

哈姆的心一阵疼痛,他默默地受着伤。他忽然跪于地上,请求青枝,带他去她的茶馆。

青枝没有去扶哈姆,自己也跪了下去,她把自己的头埋进哈姆怀里,对着哈姆的心口说,请再给我一点时间,求你了!

青枝的手机又响了,她没有去接。哈姆警觉到又有人在催青枝回去。青枝又要离开他了。他不免紧张起来。

他觉得有青枝在身边的这个夜晚才刚刚开始，他不想这么快就让它结束。他恳请青枝留下来，要不就带他一起走。不管她去哪儿，他都要跟她在一起。

手机响过一遍又一遍，青枝无可奈何地推开哈姆，拿着手机走到旁边去听。哈姆隐约听见青枝在说：对不起，刚在路上，没听见手机响，我马上就回去。

青枝又在撒谎，那个人到底是谁？

整座杭州城，除了青枝，对哈姆来说，全都不认识。那个陌生而神秘的人，他到底是谁？为什么每次接到他电话，青枝就要诚惶诚恐地为他而去？

他是谁？他是谁？他到底是谁？哈姆的眼睛里全是疑问，想说的话，在心里汹涌翻滚，却一句话也没有说出口。就这样，两个人黯然相对。站了好一会，青枝忽然回过神来，对哈姆说，哈姆，对不起，我必须走了。过几天我去看你。

过几天，又要过几天，几天到底是多少天？哈姆对于这种未知的等待，已在心里产生出巨大的恐惧，他几乎面临崩溃。可是他只能保持静默，目送着青枝离去。

那晚的哈姆，可能受心魔驱使，他在青枝上车的时候,悄悄在后面拦住了一辆出租车,他吩咐司机说,跟上前面那辆白色宝马。

也许一切皆是天意。虽然哈姆对自己的跟踪行为很是不满,但好奇心促使他这么做,他必须这么做,他太想知道青枝去哪儿了。

过了四五个红绿灯,转了两个弯,车子在龙井山边上停下来。他看见青枝拎着她的包,从白色宝马车里走下来,头也不回,只顾朝前面走。

"梅茶馆"三个字,赫然出现在他眼前。茶馆总共分两层,楼上楼下,灯火通明,每个窗口里都影影绰绰地坐着些茶客。一个男人从茶馆里走出来,手指间夹着一根烟,早已等候在走廊上。青枝一只脚刚跨上台阶,就被那男人拉进怀里,两人亲热地拥抱,那男人还吻了吻青枝的脸,拉着她的手一起走进茶馆。

哈姆彻底蒙住了!这一幕对他来说无疑是晴天霹雳。他只觉得心跳骤然加速,脑子嗡嗡嗡地响着。

灯影下他并没有看清楚那个男人的长相,也看不清楚他的实际年龄,感觉他要比青枝大出好多。但这些都不重要了,重要的是,青枝身边有这个男人,而且他们无比亲昵。这是事实。

他不知道那个男人到底是青枝的丈夫，还是她的情人，青枝爱这个男人吗？他记得青枝曾经跟他讲过，她没有结过婚。她一直在等，等着遇上一个纯粹的男人，等一份纯粹的毫无杂质的爱情。直至遇见他。哈姆当时感动得眼泪都流出来了。而此刻，一种被欺骗的感觉汹涌而至。他悲伤得难以自持，很想哭出来，却一滴眼泪都没有。他连哭的力气都没有了。

他痛苦地望着梅茶馆。看三三两两的茶客，进去又出来，出来又进去。直至快打烊了，几个服务员已经在忙着打扫卫生。

哈姆从树荫下走出来，也不知哪来的勇气，忽然便朝梅茶馆走了过去。在那个时刻，他的双腿已完全不听他指挥，脑子里也不知在想着些什么，他像一个中了魔障的人，心和魂都不在他身上。

他就这样走进了茶馆。拿着扫把的服务员走过来，温和地告诉他：先生，对不起，我们已经要打烊了。

哈姆站住了，却不后退，只是一动不动地站在原地。

谁说打烊了？给这位先生泡一壶龙井茶，要最好的龙井。声音从二楼传下来。哈姆抬起头往上看,一楼和二楼之间是打通的,中间是个旋转楼梯,二楼四周有木栏杆。青枝和那个男人就面对面坐在木栏杆旁边的那个座位上。

青枝的脸色都青了,她完全不知道如何去应付眼前这个局面。她看着哈姆的眼神极其复杂,那里面有爱,有痛,有恨,有怨,有无可奈何,有爱莫能助。

哈姆现在看清楚了,他一直微仰着脖子,看着这个男人从旋转楼梯上天旋地转地走下来。这个男人看上去和吉索的年龄差不多,估摸着应该有五十多岁。他的心又一阵钻痛,这把年纪的男人,都差不多可以做青枝的父亲了,他们居然……哈姆不敢往下想。

那男人很快站在哈姆面前,微笑着,他请哈姆入座。他的温和当中有着一种说不清楚的威慑力。

服务员将一壶刚泡好的龙井端上来,男人亲自从服务员手里接过,为哈姆沏上一杯,他对哈姆做了个请喝茶的手势,说:来,尝尝我们杭州最地道的龙井。

哈姆低下头去啜了一小口,尝不出个什么滋味,只是嘴唇被烫了一下,他心里一片茫然,他甚至不知道自己是怎么走进来的,居然就坐在了这个男人面前。他抬起头,去看仍然坐在二楼的青枝。

男人对着二楼喊:宝贝,你的朋友都上门来了,还不快下楼来陪陪朋友?语气是商量的,带着些长辈式的嗔怪,但,更多的是命令。

他唤她"宝贝"?哈姆听得很清楚。他的心又痛了一下。

青枝不得不走下楼梯。

男人让青枝坐在身边,侧过身问她:这位先生怎么称呼?不打算介绍一下?

青枝明显打了个哆嗦。在这男人面前,她任何事情都瞒不过。他拥有一双毒而准的眼睛。然而,青枝还是做着最后的挣扎。她很不自然地对那男人说:他叫哈姆,是我远方来的一位朋友。说完,她又转向哈姆,虚弱地问:哈姆,你怎么大老远跑过来了?

哈姆慢慢回过神来,虽然他还不是很清楚接下去会发生什么事情。但他心里已然明白,他一定为青枝闯下大祸了。不管那个男人是青枝的丈夫,还是情人,他都为她添了麻烦。他忽然感到羞愧,也想挽救些什么,却又不知道说什么好。他听见自己在说：我无意中看到梅茶馆，所以，就走进来了。语气里分明有一种掩饰不住的慌张。

那男人忽然笑了，是那种爽朗、宽容又充满理解的笑。他对哈姆说，青枝是我最疼爱的女儿。既然你已来到这里，就好好跟我的宝贝女儿叙叙旧，我就不打扰了。

男人搂了搂青枝，并在她脸上亲了一下，说他先回去休息了。说完，他站起身，说走就走。

这下，哈姆更加蒙住了。从情人到父亲，这个变化来得实在太快！原来他是青枝的父亲！他差点喜极而泣。要不是茶馆里还有服务员在，哈姆直接就想在青枝面前跪下去，向她忏悔。他罪该万死，差点误会她了！

哈姆说，原来你的茶馆就在这儿。

哈姆说，这里离出租屋很近，以后我可以走路过来，我可以来这里帮忙。

哈姆说，我泡茶不会，但打扫卫生还是会的。

哈姆说，你父亲看上去很威严，很有身份的样子，他是做什么的？

哈姆说，你今晚住哪儿？我们回出租屋吧。

哈姆说,这些天没有你,我都快疯了。

……

哈姆不停地说着话,突然变成了一个多嘴的人,仿佛经历了一场惊心动魄之后,在劫后余生的喜悦中忍不住要多说些话来为自己压压惊。

青枝一直沉着脸,终于打断哈姆,说:不早了,我们先回去。

哈姆一阵激动,欢天喜地地跟着青枝走出茶馆,稳稳地坐进青枝的宝马车里。他很多天都没碰青枝了,今晚终于又可以和青枝在一起。这是一件多么幸福快乐的事情!

但是,送他到出租屋门口,青枝却对哈姆说:哈姆,今晚我有事,不能够陪你,你先一个人回去,过几天再来看你。

又是过几天?哈姆有些摸不着头脑了,这深更半夜的,还会有什么事?

我真有事,求你了,哈姆,再给我点时间。

哈姆不下车,坐着不动。

青枝忽然有些恼怒,她带着命令的语气对哈姆说:

若是你想以后我们俩好,你就得让我把事情处理完,不然,我们永远都不可能在一起!

哈姆急忙跳下车。但他仍然莫名所以。等他回转身来,白色宝马车已在幽深的夜幕中扬长而去。

10

日夜受尽煎熬的哈姆总是控制不住自己，忍不住一趟又一趟跑梅茶馆去看青枝。青枝开始和哈姆吵架，她希望哈姆不要出现在茶馆里。

可是，哈姆不。他偏要跑梅茶馆去，并且主动帮服务员一起去干活。但茶馆里的很多事情，哈姆根本插不上手。他出现在茶馆里的不伦不类的行为，彻底惹恼了青枝。她崩溃地将哈姆带回出租屋，几乎绝望地对他哭诉：我错了，我对不起你，我知道我犯了个天大的错误！我不应该把你带来杭州，我原本以为我可以为你放下一切，事实上我放不下。你知不知道，要在这座城市里生活，我们需要谋生，需要赚钱，需要有足够的经济条件去满足我们一日三餐和住房租金。在城市里过日子不是在寺院里，你只管自己念念经，就会有人送钱送吃的来。我在这座城市打拼这么多年，所有的付出就只换来这一座茶馆。可现在我随时就要失去它。我不知道失去茶馆以后，我还能去干什么。我又拿什么来养活你，养活我们即将出生的孩子？！

哈姆的心就在这时狂跳起来。一开始青枝所说的那些来自俗世生活的压力和焦虑，他确实从来都没有想过，因为他出生以来就没经历过那些。可以这么说，他还是个混沌未开、不谙世事刚刚还了俗从寺院里出来的人。还俗，不等于他立即能够从俗，很多来自于俗世的生活，他从来就不懂，也从未遇到过。青枝说的那些，他也只是听个似懂非懂、半知不解。然而，当他听到青枝说出"我们即将出生的孩子"时，忽然就如同在他沉寂安静、混沌暧昧的心海里投入一枚深水炸弹。他死盯住青枝，仿佛在听一个天外来客带来遥远的消息那样，简直难以置信。但这个消息却又如此真实地从青枝的嘴里蹦出来，明明白白地呈现于他面前。

我们有孩子了！是我和青枝的孩子！我要做父亲

了!哈姆的脸涨得通红,一口气憋在肚子里,只觉得浑身发酸发胀,简直就快爆炸了。他听见自己雷击般狂乱的心跳和呼哧呼哧的喘息。他没脑子了。他找不着自己了。

在青枝眼里,哈姆从来就是个没脑子的人。但她就是爱他的没脑子,爱他的纯粹干净,爱得一发不可收拾,爱得异想天开。但她又不得不置身于这座城市,跟那些太有脑子的人在一起。她算计不过他们。

那个男人,青枝确实称他为父亲,那是在公共场合。但回到两人世界,他们就是亲密的情人。男人是个成功的浙江商人,拥有自己的公司和不计其数的房产。青枝原是他公司的一名员工,两人日久生情,彼此相爱。青枝天真地以为,只要彼此之间拥有爱情,总有一天她会等来一场婚姻。

多年以后,她才明白过来,男人绝不会为她离婚。他有一个贤惠温柔又善解人意的妻子,还有一个漂亮的女儿。他可以把青枝既当情人又当女儿一样来宠爱,为她买车、购房,买她喜欢的衣服和首饰,并为她开了一家茶馆,让她闲着的时候有事可做。代价是,她永远不能够结婚，也不得爱上别人。甚至，他怕万一她怀孕生出孩子来添麻烦，跟她约法三章，永远都不许怀孕。她被活生生剥夺了一个女人做母亲的权利。

青枝在这段无望的爱情里沉沦心碎。能够完全拥有一个男人，拥有一个男人完整的爱情，成了她最大的梦想。直至她遇上哈姆。哈姆是她的"完整"，是她的"梦想"。带着哈姆回到杭州之后，青枝总是会想起她那个鬼使神差的决定，她突然就决定去聂拉木，犹如冥冥中的安排。那天，她带着绝望的心情去墓地看望她母亲，她静静地坐在墓地，出了会儿神，忽然想起母亲临终前跟她说到过，在这个世界上她还有一个亲人，那个人就在西藏聂拉木县的加噶多加寺里。青枝的心里像闪过一道光，看见了一根来自遥远地带的救命稻草，犹如冥冥中得到了神的启示，或者，是她的魂魄跟随她母亲的指引，从杭州出发，一路向西，终于走到了加噶多加寺。

她知道，要去千里之外寻找一个无名无姓亦不知道长相不知其年龄的人，无异于大海捞针。但当她站在加噶多加寺的那个瞬间，竟然有一种回到故乡的奇异感觉。她在冥冥中觉得，她母亲所说的那个亲人，一定就在这里。只是，她不认识他。她没有办法认识他，亦无任何依据和凭证可以让她去向人打听。事实是，她并没有替她母亲找到那个亲人，却为自己找到了一个男人，意外地获得了一份纯粹的爱情。

而此刻对青枝来说，选择和哈姆在一起生活，就等于选择倾家荡产。除了爱情，她将一无所有。

11

突然有一天,青枝失踪了,电话打不通,茶馆也关了门。

开始几天,哈姆天天坐在出租房等。他不敢走出去一步,怕万一出门的时候,青枝正好回来找他。他在出租屋里静坐念经,祈祷青枝早日出现。

十几天过去,哈姆已经觉得青枝不会再回来,而且肯定出什么事了!——当这种预感在他脑子里出现的时候,他的心被一种恐惧紧紧攫住。他没有办法再苦等下去。青枝曾经对他说过,在现实生活面前,光靠念经修行是万万不行的。他得开始行动了,他要走出门去,去把青枝找回来。

哈姆每天早出晚归，走遍城市的每一个角落，大海捞针似的实施着他的寻找计划。如此过去一个多月，还是更久，他已经不记得到底度过了多少个日子。每一个日子都是煎熬，每一个日子都充满绝望，又满怀期待。盼望着青枝突然出现，成了哈姆把每一个日子过下去的唯一支撑和动力。

所有的钱都花光了，哈姆很自然地混入到乞丐的队伍中去。他沿街乞讨，视线仍不放过任何一辆车子和每一个从他眼前走过的女人，但是，再没出现过青枝的身影，她就像在这个世间蒸发了一样。

直至有一天，那个男人突然出现了。他走进出租屋，四处打量这间朴素的屋子。屋子里的哈姆变成了一个衣不遮体的乞丐，他居然还守在这间屋子里没有回去。他知道他已回不去。

男人皱了皱眉。脸上有掩饰不住的悲伤。他把一个大信封交给哈姆，并递给哈姆一张报纸，说，青枝死了。

瞬间男人以为哈姆会哭。他甚至想在哈姆为青枝哭的时候，扑过去拎起他暴打一顿。然而，男人一动不动，冷眼看着哈姆，这个可怜又可恨的可怜虫，他居然不哭！

但，他看到了比哭更可怕的绝望。

就这样，他们对峙着。过了好一会，男人忽然双手掩面，身体靠在墙上，放弃似的对哈姆说，我替青枝求你最后一件事，赶快去拉萨，去认领一下青枝的尸体。泪水从男人的手指缝里溢出来。他抹了一把脸，站起身，说，赶快走，我送你去机场。

哈姆像一个失去魂魄的行尸走肉，直至上了飞机，他都不知道自己是如何被送到机场，又跟着人流过完安检登上飞机的。他只记得那个男人将他送到安检口，跟他告别，伸出大而有力的双手，紧紧紧紧地握住了他的手。他的右手一直有一种被紧握过的麻麻的微疼。那种麻麻的疼是在他坐上飞机之后才慢慢消失的。

坐定后的哈姆从包里掏出那张报纸，一个字一个字地，客观、用心，又艰难地读下去。那镇定和极端的认真里携带着一股来历不明的义气，仿佛他是在帮一个最贴心的朋友去完成一个必须要去完成的使命。

是《天天早报》的头版头条：

杭州一怀孕女子在磕长头赎罪途中丧生车祸

于今日凌晨,在新浪微博上有一位叫"追随一朵云到天边"的网友,发了一条惊人的消息说,有一位磕长头到拉萨去朝圣的女子,被一辆大货车撞倒。事发后,肇事司机已开车逃逸。在驴友的帮助下,该女子被送进拉萨医院,但最终抢救无效而死亡。经医生检查,该女子已怀有身孕。为了尽快找到死者家属,该网友用手机拍下死者的脸部于微博上发出,恳求大家互相转发,尽快让死者家属前往拉萨处理后事。

网友还说,在女子身上,并没找到身份证以及其他任何证件。只有几件换洗衣服和一只苹果手机。手机因断电停用。网友用充电器将她手机充了电,查看通讯录,通讯录为空白,但看到一段已编辑好却没有发出去的消息:

"亲爱的,我将以藏传佛教最原始最虔诚的方式来赎我的罪,我押上两条人命做赌注,假如老天肯赎我的罪,我将会和我的孩子在聂拉木等你。不管日子多艰难,我会和你在这个角落里度完我的余生。假如老天不肯饶恕我,那么让我和我的孩子,在半路上死去。我留给你的信封里,是我所有的积蓄,你可用它去找个活路,或者回加噶多加寺去。我对不起你!"

12

哈姆居然把青枝的尸体抱回了加噶多加寺。不，对哈姆来说，那不是尸体，那是他的女人，是他的信仰，是他的天堂。当他把他的女人他的信仰他的天堂横抱在怀里的时候，心里安静得离奇，就如一个只会行走不会思想的麻木的人，连痛感都消失了，所有的神经末梢仿佛都已进入休眠状态。

见到哈姆的时候，吉索正在打坐，他恍惚地看着从天而降的哈姆，差点认不出来站在眼前的那个眼眶深陷、留着一头乱发、连胡须也长出来一大截的人就是哈姆。哈姆向着吉索跪下去，怀里仍然横抱着青枝不肯放。他没头没脑又十分果断地对吉索说：师父，请务必成全我们，让我和青枝一起火化，让我们一起去天堂。

吉索瞪大眼睛，一口气憋在胸口，脸一阵白一阵青，身体直打哆嗦。他用手指着哈姆，使尽毕生力气离座而起，却突然踉跄倒地，一头栽在墙上，口吐鲜血而亡。

哈姆眼看着师父在他面前突然气绝身亡，他打了个激灵，仿佛知觉回来了，渐渐感觉到自己的罪孽深重。他居然把他师父也气死了。他再一次强烈地意识到，他就是个不吉利的人，他真的会克死自己最亲近的人。然而，哈姆到死都想不明白，天天念经坐禅对任何俗事都能够漠然置之的师父，怎么会为了这件事情突然就气绝身亡。

哈姆被寺院赶了出来。他是一个背离宗教的人，他所犯下的罪行已是荒唐至极，绝不可饶恕。

就在那个天黑风高的夜晚，哈姆把青枝抱到荒郊野外，架起了干树枝，进行了一场最最简单的火葬。火光冲天。他跪地而坐，双手合十，嘴里念念有词。只是想到不能把自己也一把火烧了，同时把自己的骨灰和青枝的放在一起，心里面一酸。他在心里起誓发愿：无论如何，他都要把青枝的灵魂送去天堂。

据说，天堂在虎穴寺，虎穴寺在不丹，不丹在喜马拉雅山的另一边。他要翻过喜马拉雅山，去不丹，去传说中的虎穴寺，带着一颗赎罪的心，送青枝的灵魂上天堂。

然而，去不丹需要护照。哈姆的身份又是从寺院里刚出来不久的喇嘛，要办出护照几乎是没有可能的。就算能够办出护照，也办不出签证。不丹虽然紧挨着中国，但和中国却并无建交。可是，他打听到有一条秘密通道可以翻过喜马拉雅山去不丹，并且，传闻已经有人成功翻越。

哈姆决定拿命去搏一把，虽然他明白，这是一条充满危险布满棘刺的途径，随时都有粉身碎骨、命丧途中的可能，但那又怎样？他的命本就是属于青枝的，他暂时留着它，只是为了送青枝去天堂，等到把青枝的灵魂送上天，他的命也就可以结束了。

终于等到寒冬腊月，哈姆带着简单的干粮和一点水，背上那只蓝色双肩包出发了。只是在那只蓝色背包里，从前放着的是他的衣服，现在放着的是一只骨灰盒。

他在积着厚厚冰雪的喜马拉雅山脉度过了七天七夜，这是刻骨铭心的七天七夜，他凭着他的机智和运气，躲过了挑战。

七天七夜之后，他爬到了喜马拉雅山脉的南面。终于离开了故土，抵达另一个完全陌生的国度。一颗紧绷着的心放松下来。松懈下来的身体一下子进入无力状态，那时的他，体力已耗尽，他紧紧抱着蓝色背包里的骨灰盒昏睡过去。

等哈姆清醒过来，走到山脚的一个村子里，才发现他几乎耗尽生命抵达的地方，并非不丹，而是另外一个国家尼泊尔。这对哈姆来说，就好像明明走在一条回天堂的路上，却突然一脚跌进了地狱。

也就是在那次熟睡中，哈姆的右脚被冻坏，五个脚趾从此失去知觉。然而，他倒不觉得这是个不好的事。本来出生入死走这条路，就是为了赎罪，他相信五个脚趾是他赎去的罪孽的一部分。

他没有灰心，也没有被击垮。在他心里只拥有一个信念，那就是无论经历多少艰辛和磨难，都得抵达不丹，爬上虎穴寺去，赎去自己的罪，干干净净地和青枝的灵魂一起去天堂。

哈姆在尼泊尔的首都加德满都流浪,开始时他靠吃街边人们倒掉的剩菜剩饭和烂水果度日。幸好他还懂点英语,鬼使神差地做了临时导游。大量的中国游客涌到尼泊尔来,尼泊尔需要既懂中文又懂英语的导游。他靠当导游赚来的钱养活自己。虽然这是非法的。但在加德满都,对于这方面的管理非常混乱。他在加德满都遇到很多像他一样的藏族人,他们也都是从中国过来的。有些藏人在中国变卖了家产,带着金银珠宝来到尼泊尔孤注一掷,想在这个佛比人多的国家做生意赚钱。然而藏族人在尼泊尔做生意,几乎没有人发财,当金银珠宝全都花光的时候,他们便成了这里的难民,两手空空,又回不去,只能在尼泊尔继续艰难度日。

在加德满都又度过了两个多月,他从来都没有放弃过去不丹的愿望,只是一直没有找到可以安全抵达的途径。

终于有一天,在博达纳特大佛塔下,哈姆邂逅了桑吉杰布。那时的桑吉杰布已经在不丹居住了三十多年，已经是一位受当地人十分尊敬的僧人。桑吉杰布的老家也在中国西藏。是三十多年前的那一场浩劫，彻底毁了他的家园，夺去了他身边所有亲人的生命。劫后余生的他，褪去僧袍，在一个寒冷的冬天，爬过喜马拉雅山脉，历尽千难万苦到了尼泊尔境内，再从尼泊尔通过一条秘境逃到不丹。他祖上的亲人，都深居在不丹王国。

在桑吉杰布的指引下，哈姆终于如愿以偿地到了不丹，终于踏上了去虎穴寺的山路。这是一条赎罪的路。山风真是清凉，撞到巨树与岩石的时候，会发出一种呜呜呜的低吼声，仿佛有人在披头散发地哭泣。

虎穴寺就悬在半空中，已经近在眼前。快走近寺院的时候，山路变成了陡直的台阶。台阶就修在悬崖峭壁上，往下走，看着悬空万丈的脚底需要点勇气，稍有恐高症的人一定会有不适反应，走过一段这样的悬空台阶，再从下面往对面的山峰上爬过去，有些台阶几乎呈90度。越接近虎穴寺，台阶越凶。台阶两旁挂满经幡。两个山峰之间搭起一座悬空的木桥。桥上同样挂满五彩的经幡，像无数吉祥的彩云在风中飘舞翻滚。

行至这里，哈姆感觉自己每向前移动一步，就离天堂近了一步。他抱着骨灰盒的心情甚至是愉悦的。当他终于爬上虎穴寺的顶峰，抱着青枝的骨灰纵身一跃跳下悬崖的瞬间，他体会到了一种永远存在的牢固，看见了死亡有一张绝美而诡异的脸。

转山

这个苍白的女人,她叫莫依楠,来自南方一座美丽的城市。她第一次来到拉萨。拉萨的秋天已经很冷了。

2014年是木马年。据说,是释迦牟尼佛的本命年。当年的释迦牟尼在西藏的一座神山修道成佛。那座神山叫冈仁波齐,坐落在西藏阿里地区,被佛教徒称为神山之王,也被认为是宇宙的中心,是信仰的终极之地。

圣徒们认为,绕冈仁波齐神山转一圈,即可洗尽一生的业障和罪孽。而在释迦牟尼的本命年转上一圈,其功德相当于往年转十三圈。

对莫依楠来说,她只需要那一圈的功德,能够洗尽她今生今世的罪孽,从此洗心革面跟她爱着的男人好好生活,就已经功德圆满了。

莫依楠在决定转山之前，一个人在拉萨住了七天。七天之后，她觉得已经差不多能够适应高原气候了，便租了一辆越野车，出发去冈仁波齐。司机叫米玛，是个藏族男人。

他们从拉萨出发。一路上天高云轻，远处的山脉白雪皑皑、连绵不绝。莫依楠望着窗外，时不时出现一种错觉，仿佛她正行驶在神秘而陌生的另一个国度。呈现在她眼前的这个世界，它不在人间，它在天上。

路上不时有佛教徒经过，他们摇晃着转经筒，有的以身体代步，把自己的身体当成尺子，紧贴大地，渐渐移动着向前爬行。

磕等身长头，是藏人为自己和家人祈福避灾最虔诚的一种祈祷方式，也是藏传佛教密宗修持的一种方法。藏传佛教密宗中修习"三密加持"，旨在使身、口、意三业清净，与佛的身、口、意三密相应，即身成佛。修持是其唯一途径。其目的在于通过清心和抑制一个人的欲望，从而达到忘我境界。

修行者的"忘我境界"，应该是何种境界，或者抵达哪种精神层面，才算得上是"忘我"？从来没人告诉过莫依楠。而莫依楠却经常性地抵达只属于她自己的一种"忘我境界"。只有在那个"境"上,她才可以享受到醉生梦死和飘然欲仙。虽然每次从那个"境"上回来,她都对自己的行为深感耻辱和绝望。

要是她举起自己的左手,将衣袖往上撸起一些,就会像展示一件不为人知的艺术品那样,我们会看见在她的手腕上,赫然出现一道伤疤,再往上看,她的肘部位置有块瘘子,由密密麻麻的针眼织成,奇特而触目惊心。

那是莫依楠在酗酒、吸毒时被自己所伤。自残的工具是碎玻璃片、水果刀和燃烧的烟头。那块瘘子是注射毒品时留下的痕迹。

莫依楠习惯于对同一部位下手,可能是她习惯于用右手吸烟,用右手拿酒杯,用右手握针筒注射,也用右手对自己行凶。因此,受皮肉之苦的总是她的左手。她对自己下手的瞬间,从来都不觉得疼。毒品带给她的快感,淹没了所有来自灵魂之外的皮肉之痛。

莫依楠曾经用了整整八年时间,慢慢戒去对酒精和毒品的依赖。其实,让她真正害怕和厌恶的并不是酒精和毒瘾,而是一种比酒精和毒瘾更为可怕的病:性瘾。

"性瘾"对大多数人来说，可能还是个很陌生的名词。莫依楠自己也是在两年前才得知这个名词。

在那个孤独的黑夜里，她和平常一样，无聊地靠在床上，抱着她的苹果电脑上网，翻找色情网站上的色情图片以满足她的性幻想。她的鼠标点开一篇文章，一个美国的性学专家写的，是一篇关于"性瘾患者"的报道。也就是在那个晚上，她才恍然发现，自己原来就是一个典型的"性瘾患者"，也被称为"色情上瘾者"。那篇文章同时也分析了一个人为什么会染上这种病的几种病因。

莫依楠一条一条地核对着看完，基本上都跟自己对上号。她明白了自己为什么会成为一个性瘾患者的根本性原因：她孤独、抑郁、自我否定、软弱，然而，内心却又傲慢，涌动着无比强烈的欲望。她需要将寂寞、压力、愤怒、羞耻、罪恶感等等情绪，通过"性化"来宣泄出去。

从十四岁开始，莫依楠就学会了通过自慰来满足自己。而有意识地每天至少三次以上的频繁自慰，是从她酗酒和吸毒之后才开始的。靠频繁的自慰来获得满足的日子，差不多持续了十几年。当她费尽九牛二虎之力，终于戒了酒精和毒瘾，而对于性的幻想却丝毫未能解脱。

戒毒之后的她反而变本加厉,性瘾越来越激烈。每次当欲望来临时,她就像一匹饿疯了的母狼,不得不进行自慰。她娴熟的双手会令她迅速抵达高潮。从兴奋到高潮,只需要几分钟。然而,当高潮退去,快感消失,恢复到理性之后,她便立即意识到自己的恶心、病态,开始疯狂地折磨自己、伤害自己。她始终带着一种无法排遣的罪恶感,觉得自己是个异常可耻的女人。

当莫依楠得知自己是个性瘾患者的时候,她也曾自觉地寻求医治,甚至隐姓埋名到了香港,参加了一个秘密进行的"瘾品研究班"。

在那个班上,她学到了一些知识,大致知道了一个人为什么会沉迷于烟、咖啡、可乐、毒品和性的种种根源。可是,那些研究者的大量资料,都只是向她证明了致瘾者的生理产生过程和瘾品是如何流行起来的,又是如何去防患,以及瘾品与性交是如何纠缠在一起的原因,等等。所有的研究,都只是在告诉她,一个人为何会沉迷、为何会染上毒瘾,却没有资料能够告诉她,到底该如何去逃离这种沉迷,如何去彻底摆脱已经染上的毒瘾和性瘾。

班上有一个佛教徒，他这么告诉她：一个人要戒去染上的各种毒瘾，首先要了解自身的欲望。所有的沉迷之物，无论是烟、咖啡、酒精、大麻、海洛因，还是性，等等，都源于一个人的欲望。人是因为对欲望的不满足，才会向自己的身体索取更多快乐的方式来获得另类的满足。这种向身体索取更多的快乐来满足内心的行为，统称为欲望。其本质在于"激起淫荡心"，从而使人脱离理性。理性是对放纵的限制。人借助瘾品来杀死理性的行为，往往带着恨意和报复心理。要戒除这种沉迷，需要获取内心的正能量，而获取正能量的途径变幻莫测，可能需要很多年的苦修和历练。也可能就在一瞬间，就如当年佛陀在菩提树下顿悟一样。

最后，那位佛教徒给她指引的唯一能够自我解救的途径就是宗教。他认为，唯有宗教才能够很好地控制人的欲望，才能够拯救她，并让她彻底开悟。要是连宗教也不能够救她，那么，她只能进监狱，或者就在自我沉沦中痛苦挣扎，或者死去。

从香港回来的莫依楠，并没有立即做出决定，只是又回到那个冰冷的家中。学到的知识，让她懂得自己的毒瘾和性瘾，都源自于她那冰冷的没有丝毫温暖的家庭。虽然，她至今仍和她的父母住在一起，从未和她的家人决裂过，但从心理上讲，她却从未和她的父母建立过真正的情感上的联系。除了冷战、愤怒和难以言说的尴尬。

对于她父母那代人，也许因为当时物资的匮乏和没有安全感，所导致的恶果是，他们在建立家庭的时候，也往往混杂着感情的生硬和冷酷。

莫依楠的父亲是一个外科医生。即使下了班在家里，也像在诊所里对病人那般面无表情、冷漠自私。她母亲十八岁嫁给她父亲，当年一脚踏进婚姻的铁大门，正是她母亲的梦幻年纪。来不及懂事，来不及正式揣摩婚姻的含义和内容，也不知道什么男欢女爱，就被投入艰苦的成人生活。她母亲没读过几年书，没什么文化，结婚之后，就开始担当起家里的所有家务。终日被油烟、毒日头所腌晒，绞干水分，提早进入粗糙的中年。

而当外科医生的父亲，虽然收入微薄，但相对她母亲而言，日子却过得偏于清闲和舒适。但是，导致家庭不和的真正原因，倒不是因为两个人的工作不同，而是，他们俩本来就不应该在一起生活。莫依楠总觉得，她的父亲母亲完全是两个世界的人。莫依楠的父亲爱着诊所里的一个女护士，那个护士是她父亲的唯一所爱，也是她父亲身边最亲密的人。她父亲每次回到家里，很少和她母亲交流，一天也说不上几句。

然而，让莫依楠奇怪的是，他俩不爱对方，也不为对方所牵挂，却也从不谈及离婚二字。仿佛对他们来说，离婚是件可耻的、不可被言说的事情。

她母亲的皮肤在缺爱的婚姻中过早地失去光泽，形容枯槁，发质也是干涩易折。在某个秋收后的空旷日子里，莫依楠看见她母亲一个人站在她的屋子里黯然揽镜，眼神木然，双唇紧闭，发不出半点声音。

莫依楠从小就在吵架声中长大。只要她一回忆起住在家里的那些年，就会在脑海里涌来咒骂、哭号和一件接一件物品和愿望的破碎。离开这个冰冷的家，离开终日争吵的父母，去远方，去很远很远的远方，成了莫依楠此生最大的梦想。

她母亲的神经每天如履薄冰，性格也日益变得敏感易怒，只要一点点细小微薄的小事便可轻易令她大发雷霆。父亲不在家的日子，她母亲便经常无意识地折磨她，冲她发火，朝她撒气，以获取短暂的发泄。

莫依楠是家里的独生女。她没有兄弟姐妹。并不是她母亲不再有生育能力，也不是计划生育的原因，而是，她母亲在怀上她的时候，父亲便爱上了那个护士，父亲对她母亲再无兴趣。之后，也从不碰她母亲的身体。几十年来，各睡一床。

莫依楠在年少时根本无法懂得她母亲的怨恨和焦虑，不可能居其位而思，除了对她产生厌恶憎恨之心，连怜悯都没有给过她。对这个家庭，也让她心生恐惧和排斥，对婚姻和爱情更是了无信心。倘若两个人在一起的婚姻就该过这种狼狈的生活，那么，宁可独善其身到终老，以求解脱。

从中学到大学，莫依楠连暑假都不敢回到家里去。但按中国人的传统，过春节无论如何总要回家去跟亲人团聚的。记得那年腊月，宿舍里就剩她一人，她母亲电话过来催她回去，并威胁她，要是她不回去，就死给她看。

她回去了。

回去那天正是除夕。

家家户户都在酝酿着节日的狂欢。她母亲在屋檐下正杀死一只鸡,那鸡还没死绝,双腿微弱地抽搐着。她母亲将它浸入烧开的滚水里,倒拎着鸡腿来回搅动,额头上的几绺头发垂下来,被水蒸气熏湿,紧贴着她那起了皱纹的前额上。

母亲抬起头,忽然便看见她,立即让她过去帮忙拔鸡毛,自己却忙着跑进厨房去杀鱼。莫依楠连行李都来不及拖进屋里,便开始动手帮忙。

除夕那晚的餐桌上,是她母亲为全家人准备的豪华盛宴:鸡鸭鱼肉和点心,挤挤挨挨、满盘流金,屋里屋外飘满了食物温暖的香气。至今莫依楠都还记得,那满屋子的丰盛与令人幸福醉人的暖香。然而,即便是在那样富足与燎烈的情形下,最终也转变成一场悲剧。

临吃晚饭的时候,她父亲的手机响了几声,他没当着她们的面接,找了个借口说,要去小店里买包烟。小店就在她家隔壁,走过去也就五分钟。但她父亲迟迟没有回来。

坐在餐桌前,她母亲的悲哀和伤痛并没有引起莫依楠足够的重视。满桌美味的好菜眼看着渐渐凉了下去。莫依楠很焦急。在学校苦汤寡水地过了一个学期,她迫切地想要尝尽桌上的每一道菜，迫切地想要填饱饥饿的胃。饥饿的她关心那些食物，更甚于她母亲的悲哀。但在她母亲的阴冷里，她不敢动筷子。任凭胃里发出咕噜咕噜的叫声，伴随着她对她母亲的轻微的仇恨和厌烦。

两个多小时过去了。她母亲就那样端坐着，一动不动，也没说一句话。莫依楠知道，她母亲在死等，直至等到父亲回来。

天黑尽了，莫依楠离开餐桌，将灯打开。灯光昏暗，那个残缺的除夕之夜，带着叵测的气息。莫依楠忽然感觉，她眼前的这个家，是一座空空荡荡的坟墓。满桌的食物如同祭品，凉冰冰、阴森森，极具讽刺地在她和她母亲面前摊开。她快饿得不能动了。

终于，等到她父亲回来，莫依楠的一颗心放了下来。总算可以动筷子了。虽然满桌的菜肴和点心都已凉透，而母亲却目光如剑，锋利地审视着她父亲。她父亲装着没看见。新怨旧恨，渐渐地，她母亲再也无法自持，她一定是被绝望压顶，在那个除夕夜里重又崩溃。

屋里迅速充满尖锐的哭声和不堪入耳的咒骂，如洪水猛兽。终于，引得忍无可忍的父亲暴怒回击。莫依楠的父亲把自己变成了一只拳头,没有面目,没有态度。莫依楠的母亲亦形状模糊,她只剩下声音,尖利的、狠毒的、刀子一般的声音。她母亲在父亲拳头的碾压下,倒在冰凉的水泥地上挣扎、咒骂,头发散乱,嘴角带着血丝,周身伤痕累累。

莫依楠离开餐桌,手里还紧捏着木筷子,她悄然位于一侧,不惧,也不哭。当父亲变成拳头愤怒出击的时候,她连劝架的念头都没有产生。就如年少时那般,只想躲开他们,越远越好,听不见、看不见最好。她母亲连同诅咒一起吐出来的污秽言语,已在她心中等同于罪恶的起源。她对她母亲应有的惊恐和同情,早已被日复一日无数次的发作耗尽。

那个除夕夜的寒风里,飘过一阵细密的雪花。莫依楠的母亲带着满身伤痕,穿着破碎的单衣,携着失重的生活与超重的积怨愤恨,踉踉跄跄在黑夜的风雪里奔走。新年的鞭炮声在她耳畔高潮迭起,满世界都在炫耀喜庆、和谐。她身无分文,只带走一身伤痛和满心的怨恨,留给莫依楠和莫依楠的父亲满桌凉透了的年夜饭。

很久很久,木桩一样沉默的父亲终于动弹了,他用低沉却有力的声音命令莫依楠："吃饭！"

莫依楠说："我妈呢？"

父亲说："不用管她，要死要活随她去！"

这么多年来，有一个问题一直梗在莫依楠心里始终没有问出口。就在那晚，莫依楠终于抑制不住问她父亲："你既然不喜欢我妈，为什么你们不离？"

父亲说："离了，你怎么办？你妈怎么办？"

莫依楠一阵冷笑："你以为你们不离是对我和我妈负责吗？我和我妈从来都不幸福，从来不知道快乐为何物。"

"这是每个人的性格决定的，你妈这种人，天下没一个男人能容她。"莫依楠的父亲理性而冷静地做出分析。

莫依楠尖刻地说："要是没有那个女护士，你是否会对我妈好一些？"

"要是没有她……"莫依楠的父亲停顿了下，声音忽然有些哽咽，"我恐怕就没什么活头了，也许早就离开了。"

她父亲所说的活头，就是让他活下去的意义。但她不明白她父亲所说的离开，是指离开这个人世，还是离弃她们去另外的什么地方。但，这只不过是个伪问题，答案是不重要的。

再没有什么可以刨根问底的了。

莫依楠开始埋头吃饭。没再和她父亲继续聊下去。她父亲并不怎么吃，看得出来，她父亲出去的那几个小时早已经吃过了。

鞭炮声越来越响亮，越来越密集，屋子里更冷了。他们谁也不说话。莫依楠太饿了，忙碌着筷子与嘴巴的传递，仿佛那是人世间最重要的事情。十五瓦的电灯泡像只偷窥的眼睛一样悬在餐桌上。莫依楠夹菜、吃菜，狼吞虎咽。忽然抬头时，她看见父亲的一张脸，像死人一般肃穆而苍白。

莫依楠的心阴沉下去，忽然想到了死，想到了生命。之前，她曾从父亲那儿得知，其实她父亲并不想要孩子，他和她母亲的结合完全是阴差阳错。他们在一起从来就没有快乐过，两个不快乐的人生下来的孩子，只会增加一份不快乐。从表面上看，每一个生命的诞生，都该值得庆祝。然而，对她父亲来说，只是庆祝无意义。生下她之后，她父亲就再没碰过她母亲，除了他不喜欢母亲之外，更是怕一不小心让她母亲又怀上。有时候莫依楠会想，要是父亲再早知早觉一些，也许连她这条命都没了。她就用不着来这人世间苦苦走一遭，害她艰难度过这么多无意义的日子。那顿年夜饭使莫依楠浮想联翩，再无法举筷。

饱腹之后，莫依楠开始担心起她母亲，担心她母亲是否和那些已逝的怨妇们一样，决绝地选择自我了结生命。

莫依楠曾在河边碰见过溺水而亡的女人的尸体，被人打捞起来，泥污遍体，浮肿夸张，身上还缠绕着些野草藤蔓。那情景，让莫依楠整整有半年时间落魄失魂。她记得东溪婶，这个总到她家串门或来劝架的中年妇女，在一场家庭纠纷之后，自缢在自家二楼的门楣上，舌头像一只黑手一样从嘴里伸出来，指着来人，带着鬼气，仿佛一遍遍地在指责着，或者在确定着要索命的对象。比起投河或上吊自杀的，那些喝药致死的妇女就太多了，她们的姓名就如毒药一般，为人们所忌，包括她们乌黑僵硬的临终容颜，平日里人们都不敢再提及，连偶尔想起时，也充满忌讳。

然而,就在那个除夕夜里,那些死去的面容和名字不可抗拒地浮现在莫依楠的脑海里,她开始害怕她母亲也会步她们后尘。

想到这里的莫依楠,搁下碗筷,将眼泪和恐惧一起带到屋后的黑暗里,沿着阴冷的墙根,独自一人暗暗地开始搜寻她母亲的行踪。她不敢惊扰她父亲,怕她的寻找会引发她父亲更庞大的悲伤。

可是,莫依楠找遍了后院,找遍了她母亲可能会去的每一条街道和小巷,都没见着她母亲的身影。所有的可能在她的寻找中一一破灭。

莫依楠走在满地都是大红鞭炮的碎屑里,几乎可以肯定地认为,次日必将得到噩耗:她母亲一定已经狰狞可怖地闭上了眼睛,和那些愤然喝下农药死去的妇女一样,用她们的死亡和永远沉默来表达生前最深的绝望和怨恨。

然而,就在第二天,大年初一,莫依楠的母亲竟奇迹般地在鞭炮声中走了回来。谁也不知道大年三十夜,她在哪里度过,没有人会过问她,就当什么事都没发生过似的。

新的一天开始了。新的一年开始了。

母亲脸上的青淤和伤口依然没有好转。

一天过去了。

年过去了。

日子还要继续。

没有真正的终结与开始。

她母亲又回到她的格局，继续她的沉沦和怨愤，继续她的压迫与被压迫，继续在嫉恨中喜怒无常、死去活来。

有一回，那个女护士从莫依楠家门前走过。女护士曼妙的背影正巧被莫依楠母亲的目光刮到。几乎是以迅雷不及掩耳之势，她母亲提了一把扫帚就追了出去，同时恶毒至极的咒骂声如刀子般劈向空中。

人家并没有回头，一定是当作没听见。莫依楠看着那个女护士渐行渐远，这个破坏别人家庭幸福的女人，令她母亲身处冷宫的女人，莫依楠竟然一点也不对她产生嫉恨，反而对她那优雅而曼妙的背影，生出无限的想象和好感。她竟然如坠梦幻般，在心里想着，谁会去拒绝这么美好优雅的女子呢？

莫依楠的母亲仍在不停咒骂，满口的"不要脸、贱婊子、蠢猪、野狗"……骂得唾沫横飞，骂到伤心激烈处，愤然举起扫帚横扫出去。由于用力过猛，身体失去平衡，脚下一个趔趄，整个人摔倒在地。母亲尖叫着，歪着嘴角一遍遍在喊疼。莫依楠却木然地站在一旁，不动声色，她看着她母亲蜷缩，捋起裤腿验证腿上的血液汹涌。母亲转过身来，正好看见莫依楠冷漠的脸，突然就像移情一样，将刚才的怒火继而喷向莫依楠，骂莫依楠也是个不要脸的贱婊子，是不得好死的种。

莫依楠的心里充满着厌恨，根本没想要去扶她母亲一把，连靠近她母亲的欲望都没有。她看着她母亲忍着痛，一个人从地上艰难地爬起来。落日荒凉的余晖打在她母亲拱起的无助的背上，莫依楠的心中没有一丝愧意。她在心中暗暗发下誓言：如果有一天，我也变成母亲一样的人，我一定去死。

可是，莫依楠悲哀地发现，她的身体里流着和她母亲同样的血液。她母亲性子中的暴戾和孤独也在她身体内部根深蒂固，它潜伏于她的体内，无声无息。但在某个焦虑的时刻，它便会露出端倪，向她暗示它邪恶的威力。如同一只城府很深的寄生虫。

有一段时间,她母亲认定莫依楠继承了她父亲的品性,冷漠无情,不仁不义。她母亲愤怒时会拿莫依楠出气,拿来任何东西直接就会揍她,几近疯狂。母亲将半生承载的委屈和生存压力在动手揍她时倾巢而出,在语言暴力和行动暴力中发泄着难以伸展的悲愤。

在一次争吵声中,莫依楠带着一副痛苦身心,毅然离家出走。但是,莫依楠不知道能去哪儿。她没有一个明确的目的地,在心里没有一个地图,也没有任何人会在某个地方等她。走着走着,甚至,连一种悲壮感也渐已消失,眼前一片茫然。

可是有一瞬间,莫依楠恨不得自己去死,或者,让她母亲去死。在郊外那条铁路轨道上,莫依楠迎风而立。在她的身前,呼啸着过来一辆火车,只要她坚持站着不动,或者卧倒在轨道上,便可从此一了百了,结束她的生命,结束她父亲的"无意义"。

然而,她还未尽数展开的生命,却在那个瞬间带着令她迷恋的未知扑面而来。她将离开家,行走于千山万水之间。或许,她会被许多男人远远地爱恋,被许多温暖的语言紧紧包围，从此开始锦衣华食，而不再凄怆生活。她可能变得坚定强大，而不再卑微屈辱。在未来的生活里，她将直起腰身，把半生的阴影抖落于身后——莫依楠实在很想去死，但莫依楠还没有准备好去死。就在火车将她碾碎之前，她适时缩回双腿。

她还舍不得死。还想继续活下去。她在迷茫的晚霞中，缩着寒冷的身子离开那条铁路。渐渐上来的饥饿感，又迫使她很快返回家里。

然而，当莫依楠推开家门，并没有获得幻想中的芬芳温暖，没有人为她的出走牵肠挂肚或者担惊受怕。屋子里又是一地惨败狼藉。她焦虑愤怒的父母又在彼此的硝烟里奄奄一息、死死相峙。他们压根就没时间顾及她的死活。

在日日近距离上演的痛苦中，莫依楠狠狠地培育着她的愿望，培育得五大三粗、膘肥体壮：逃离，逃离！从家里逃出去！她对家庭不满、对父母不满，也对自己不满，种种不满终于在莫依楠身上兑换成了酒精和海洛因。

开始的时候，她只是用"适量"的海洛因和酒精来抑制那种不舒服。可是后来，渐渐地有了依赖，再无法摆脱。酗酒、吸毒和纵欲，成了她唯一的出路。性冲动旺盛的时候，她会选择边自慰边吸食海洛因，只是为了获取更高更强烈的刺激和快感，让自己到达一种"忘我的境界"。

往往是这样的，莫依楠的父亲和母亲，在他们的房间里硝烟弥漫、你死我活，莫依楠在她的房间里吸食或注射进稀释过的海洛因，并进行自慰。只有当身体处于最激烈的状态，她的大脑才会彻底清空、释放，才能安稳住她的狂躁不安。她习惯了在最短的时间内，用让人眩晕的快感远离庸常的生活。

情急的时候，她曾将马桶里的水吸进针管去融化海洛因。这是她和这个世界，和她自己相处的最自然、最放松的方式。她借此逃避她在现实世界里的软弱无力，直到最后只能在自慰的消耗和无力中表达更深的失败。

在莫依楠戒毒之后，曾有过一段婚姻。但只持续了半年。她的丈夫根本满足不了她。她还是要靠自慰才能够获得高潮。她丈夫终于忍受不了她一日几次的自慰，尤其当着他的面，他觉得再没有比这个行为更让他觉得羞辱和可耻的了。莫依楠也知道，她的这种行为对她丈夫来说，简直就是精神和肉体的双重折磨。

离婚之后，莫依楠没有回家，在城里租了个房。开始泡酒吧，接触各种各样的男人。她把他们带回出租房，只是想从他们身上获取性高潮，从不奢望得到爱。然而，从没有男人能够让她获得真正的满足。从来都没有。

她还是要靠自慰。不停地自慰。在自慰中寻找出路。一次次抵达那个"忘我境地"。很长一段时间，她终日沉浸在疯狂的性幻想中。然而，莫依楠只可以幻想。一遍一遍地幻想。她回不到那个遥远的时代去。她只能苟活在现代文明的社会里。在密密麻麻的人群中，她不跟任何人交流，她没办法走进别人，别人也一样走不进她。有时莫依楠会突然感觉自己并不属于这个人类，这个人类跟她一点关系都没有。她是一只自己跟自己玩的孤魂野鬼。

辛苦戒毒之后，对于复吸的恐惧又促使莫依楠逃向酒精。在她的潜意识里，甚至在身体的感觉上，抓起酒杯和举起针管仍是同一种动作，一种通向抚慰的麻醉仪式。只要是酒，拿来就喝，喝到接近谵妄，直至无意识地往嘴里灌进手边任何的流质液体。

当莫依楠身无分文,连付房租的钱也没有的时候,她只得回到家里。家中的酒全都被她母亲偷偷藏了起来。有一次瘾又上来,她竟然抓起她母亲的花露水瓶往喉咙里灌,只因为其中含有一点酒精。

对于莫依楠的行为,她的父母始终装聋作哑、从不过问。莫依楠的父亲,白天在诊所忙着和他的女护士谈情说爱,晚上回到家,又要忙着对付整日怨恨暴戾的母亲,根本就没时间顾及莫依楠。而莫依楠的母亲,似乎更愿意莫依楠堕落成人人轻贱、被全世界唾弃的人渣,当莫依楠没钱花或者找不到落脚之地的时候,她就会无条件地回到她母亲身边来,重新归属于她母亲。莫依楠记得,当她母亲得知她被她丈夫嫌弃决定要跟她离婚时,她母亲那张紧绷着的脸,始终克制着没笑出声来。莫依楠心里知道,没有人比她母亲更欣喜若狂。她母亲终于又可以得到她了。在这个世界上,莫依楠是她母亲唯一可以亲近的人。因为莫依楠的存在,是她母亲唯一的精神慰藉。她让她觉得在这个世界上,还算不上是个孤家寡人。

一切如她母亲所愿,莫依楠所恐惧的、担忧的、逃避的毒瘾，随着酒精对她身体的入浸，凶猛而卷土重来。莫依楠又圆满地染上了毒瘾以及性瘾。她几乎将家里给她的所有的钱，都用来换取海洛因。

她母亲进入她的房间，她甚至连针管也懒得藏起来。那次，她母亲推门进来，莫依楠上身穿着厚厚的毛衣，整个下身却光着，裤子弃在一边，她正忙着自慰。那个时候的莫依楠又犯了瘾，她已根本没有掩饰和回避的能力。她只是当着她母亲的面继续自慰，直抵高潮。她恍惚看见她母亲站在门口，有那么一小会儿时间呆若木鸡。然后，便无声地退出去。之后再没提起，也从不追究。

莫依楠那次看法国作家巴塔耶写的《色情史》，里面说到，"性行为清楚无比地表明了人类行为的一个原则：我们想要的是让我们筋疲力尽、并且让我们的生活处于危险之中的东西。"莫依楠又想起那个佛教徒跟她说过的话："无聊的人远比忙碌满足的人，更容易想要转换精神状态。就如被囚禁的动物，也远比野外自由的动物更容易去食用麻醉物。其实，文明社会也可以算是一种囚禁状态。我们生活其中，时刻想象着逃离。"

莫依楠只是筋疲力尽地过着每一个日子，逃无可逃。

总之,看各种资料,下各种决心,无论付出何种行动,到最后,还是放弃,还是恢复原来模样。

日子过得无聊又痛苦,痛定思痛,继续痛。

这一次,迫使莫依楠下定决心回归正途,强迫自己走进西藏寻求宗教的帮助,从而想使自己得到解脱的原因,除了她自身的勇气之外,更是为了一个叫K的男人。

因为,莫依楠爱上了这个男人。她想起佛教徒曾告诫过她:"要戒除毒瘾的沉迷,需要获取正能量,而获取此种正能量的途径变幻莫测,可能需要很多年的苦修和历练。也可能就在一瞬间,就如当年佛陀在菩提树下顿悟一样。"她认为,她遇到了K,就如当年佛陀遇到了菩提树。佛陀顿悟了,而她却获得了爱情,爱情就是正能量。

莫依楠和K的相遇,说来也是奇缘。那夜的莫依楠,又喝醉,摇晃着走出酒吧,却倒在路旁呕吐不止。驱车经过的K把她架到了他的车上,捡回出租房。

在那座寂寞而拥挤的城市里,K成了唯一愿意收留莫依楠的人。

他们迅速坠入爱河。

莫依楠结过婚，离过婚，和很多男人上过床……可是，莫依楠是在遇到 K 之后，才知道什么叫作爱情。被一个男人宠爱与疼惜的感觉好到令人颤抖。也是在爱上 K 之后，莫依楠才知道，原来性最快乐和最关键的秘密成分，就是爱。有了爱的性，才能真正抵达心身合一的狂欢和幸福感觉。

对于 K 来说，莫依楠却是上帝赐予他的生命礼物。他对莫依楠说，之前他遇见的那些女子，无一不是以物质为条件，当她们得知 K 的收入只能维持基本的生活需求，而要在这座城市里买一幢像样的婚房几乎是无法实现的愿望时，爱情也便随之消失。

K 未婚，谈过几次恋爱，但都无疾而终。他是一名园林设计师，每个月有万把块的稳定收入，除去每月的房租和日常消费，积余几乎为零，在这座高房价的城市里，买房几乎是一个遥不可及、难以实现的梦想。K 在三岁时失去父亲，母亲远嫁澳大利亚。

在这座城市里，K 等同于一个孤儿。莫依楠觉得，她和 K 身上有着相似的无法排遣的孤独和寂寞。莫依楠愿意跟着 K 在出租房里过一辈子。只要他们彼此相爱。

她在心里暗暗起誓，为了K，为了爱情，无论如何她都要戒掉身上所有的瘾。

莫依楠没有把她的病症告诉K。

她怕失去他。

她决定只身到圣城拉萨，彻底戒去她身上所有的瘾。她坚定地认为，在离天最近的西藏是最能够通灵，也是最为神圣的。莫依楠渴望臣服于"神圣的"意志，她相信自己受到过的诱惑和折磨越深，就越有信心抵达另一个截然不同的精神世界。

出发之前，莫依楠和她的父亲告别，她说她要去趟西藏，并告诉她父亲，是因为她要解决"某个上瘾的问题"。她还告诉她父亲，她爱上了一个男人，那个男人叫K。她希望她的父亲能够跟她聊下去。父女之间来一场促膝长谈或深聊，也未尝不可。

然而，她的父亲只是"哦"了一声，没再说什么。也许他根本就不相信像莫依楠这样的人，还会去恋爱。在他看来，她所谓的信仰都只是短暂的心理安慰剂。她父亲背对着她，假装去理他的那些旧书籍。

莫依楠失望地看了一眼她父亲的背影，再一次感觉到，不管她染上什么瘾，她戒，或者不戒，她父亲都不会放到心里去。她对她父亲来说，真的只是无意义。他的心思和精力全在那个女护士身上。那个女护士，才是他的活头，是他的全部意义。

莫依楠的母亲终于不再佯装不知。就在莫依楠决定到西藏之前，她母亲对她说了一句此生让她痛恨却也是最让她感觉温暖的话："不管你戒不戒得掉，你都是我女儿，哪怕全世界嫌弃你，我都不会嫌弃你，会永远陪伴你。"

至于莫依楠和K的事，她母亲只字不提，仿佛她对此事并不感兴趣。莫依楠心里很清楚，她母亲巴不得她永远戒不掉，永远遭受世人唾弃，永远不会爱上别人，也永远不会让别人爱上，唯有这样，她才永远属于她。她母亲才可以理直气壮地接纳她、照顾她，占有她一辈子。

莫依楠来到拉萨，已经有七天了。

她已经七天没有自慰。当她想到自己竟然有七天没有自慰的时候，双眼闪烁着泪光。她觉得信仰带给人的力量，真的是神奇而不可言喻的。她如此迫切地想要以信仰的方式，洗尽她认为最可耻的前半生。

和大多数佛教徒那样,她选择了在这个难得一遇的木马年去转神山。无论多么艰难,她都要去转上一圈神山,洗尽她一生的罪孽。为了K,为了爱情,从此,洗心革面,好好地,有尊严地活着。

去往神山的途中,有一段路没修好,米玛将车开进了一条水沟里,差点翻车。两个人惊魂未定地从侧弯着的车门爬出来,身上都破了点皮。好在有惊无险,还算平安。

但是米玛说,去神山的路上见血不是件好事,遭了霉运,要把晦气给驱除干净,不然,运气还会跟随他们,得去找座寺庙请个活佛替他们把晦气化解掉。

米玛将莫依楠带上一个小坡地,山腰上有一幢简陋的藏式屋子,屋面上飘着几条鲜艳的经幡。推开一道柴门,从里面探出一个穿绛红色僧袍的僧人,一看见米玛立即堆起笑容迎上来,问道:"你头怎么了?"

米玛摸了摸额头说:"我们在路上差点翻车了,擦破了皮,出了点血。活佛今天在吗?"

"在,活佛正在大殿。"僧人说。

"那太好了。"米玛回过身来对莫依楠说,"我们赶紧进去,快去见见活佛,让他帮我们驱驱晦气。"

他们拾阶而上。石阶并不很陡,但抬腿之间仍然让人感到气喘胸闷,不时要停下来休息,调整呼吸。

那僧人说:"慢慢走,这里的海拔已经超过五千米了。在这里没有树木花草,氧气比其他地方要更加稀薄。"

莫依楠举眼望去,哪来的一草一木啊,一点绿意都没有,满眼尽是黄土沙山。她的嘴唇干裂着,喉咙冒烟,像是要被烧着了。

走至石阶尽头,拐过一个转角,便看见另一幢白墙金顶的寺庙矗立在眼前。大殿就在那里面。寺庙的正门前有个白塔一样的大香炉,煨桑在香炉里燃烧,桑烟袅袅,弥漫了半个山坡。他们跟随那僧人穿过浓厚的烟雾,进入大殿。

大殿内光线幽暗,一股浓重的酥油味扑鼻而来,几乎令人窒息。大殿里没有别人,只有一个活佛。活佛盘腿坐在法座上,在那里嗡嗡嗡地念经,诵经声起伏荡漾。法座两旁各有一个圆台,上面燃着一排酥油灯,酥油灯的光亮扑朔迷离,忽闪忽闪地,不时跳跃摇晃,既真实又仿佛是幻影。好像即刻熄灭,又重新燃起。大殿里呈现出一派诡异的令人压抑的气氛。那活佛明明看见他们走进去，但仍然目中无人的样子，又或者压根就没看他们。在光溜溜的掺了酥油的泥地上放着一排草垫子。引他们进殿的僧人，让他们坐在那垫子上，并告诉他们，活佛此刻正念着的是《吉祥九重霄》，让他们静心听，听了对他们会有好处，可以消灾驱魔。

莫依楠跟着米玛席地而坐，强迫自己不发出声音，保持静止状态，但她心却活跃着，有些忐忑，仿佛突然踏进另一个世界，等待着一种神秘的安排，全然不知下一分钟会发生什么。活佛念的经文，莫依楠一句也没听懂。她只是觉得气喘，氧气严重不够。

也许过去了一刻钟，或者一刻钟还不到，但对莫依楠来说，却漫长得就像过了一个世纪。再坐下去，她恐怕就要窒息而死，大殿里的空气充满陈年酥油的霉味，熏得她呼吸困难，昏沉欲睡。

诵经声终于停止。活佛从法座上站起来，抖了抖他的袈裟，朝他们大步走过来。这时候的莫依楠有些恍惚，仿佛在经历一场梦游。感觉朝他们走来的活佛，就像电影里的古皇帝，而他们就像跪在他面前等待赦免的臣民。

这一闪而过的念头，让莫依楠觉得有些滑稽可笑，但活佛身上确实有股不怒自威的威慑力。他经过酥油灯，袈裟带起的风，让酥油灯蹿起的火苗同时朝向了另一个方向。仿佛他身上真有一股神秘的常人不可阻挡的力量。

活佛直奔米玛而去。米玛受宠似的起立。两人四手相握，又相互拥抱。原来是相识已久的老熟人。

米玛要请活佛消业，不能有外人在场。莫依楠退了出去。先前的那个僧人，过来请莫依楠到后院去喝酥油茶。莫依楠从大殿出来，走至空旷的寺外，呼吸顿时通畅了些，但酥油茶的味道她是万万闻不得了。她第一次看见那盛着酥油的茶壶，是铁皮做的，打酥油茶的桶，原来不是木桶，是用PVC管代替的。她在胃里一阵又一阵地犹如翻江倒海，又仿佛有什么东西正在胃里发酵，有一股气直往上翻涌。她只想早点返回，快快离开寺庙。她极力忍耐着。

那僧人又引莫依楠走进一室。幸好有窗，她坐在靠窗边的椅子上，感觉空气稍微清爽一些。僧人为她倒上酥油茶。莫依楠一口都喝不下。只等着米玛消好业，立即离开。

僧人开始引莫依楠说话。看得出来,他是在很努力地引话题。经过一番牵引和绕来绕去的口舌之后,莫依楠终于听明白,那僧人的意思是,在这偏僻蛮荒之地,建造一幢寺庙是极不容易的,但对于修行的人来说,地势越偏越蛮荒,就越殊胜。眼下的寺庙又在整修中,需要善男信女的大力支持,一般能够到达此庙的游客,都是有缘之人,必得神灵护佑,都愿意为寺庙出些力,捐些物资。

远天远地行至此地,可以拿出来捐的就是身上带的钱。热气腾腾的酥油茶,虽然莫依楠并没喝过一口,但人家总是款待了她,不捐些钱出来也实在说不过去。

那僧人接过莫依楠给他的钱,一迭声说着:"心到即可,心到即好。"随后,他飘进内室,郑重地拿出一卷轴相赠,说这画是密宗灵修时用的,带在身上可保平安。是活佛用来赠送有缘之人。

莫依楠合掌谢过,把那卷轴当成平安符一样,小心翼翼地塞进背包里。

米玛也恰好在这个时刻出现。他头上用哈达包扎了一圈,脸上的血迹清洗干净了,看上去容光焕发、精神倍增。

活佛坚持要送他们。拾阶而下时,活佛宽大的绛红色袈裟被风吹得鼓鼓的,像一面飘扬的旗帜。他握着莫依楠的手道别,说:"其实人生不过三天,心里满是迷惑的人活在昨天;奢望的人活在明天;只有内心明白清澈的人,才活在今天。"

那么,活佛的意思是人要活在当下。这是否有点劝人及时行乐的意味呢?莫依楠听了疑惑重重,在心里想,藏传佛教不是讲究轮回的吗,人的灵魂不是可以生生不息,还有来世、很多世的吗?

她回过身去看那寺庙,高原的太阳光炽热似火,猛烈地照射在寺庙的金顶上,煨桑继续在烟熏火燎、浓烟滚滚。一时之间,她有一种错觉,感觉那座黄土坡上拔地而起的寺庙就要被烧着了。要是真被烧着,她相信顷刻间就会化为乌有,眼前所见的一切,都将重归蛮荒,重归永恒。

莫依楠跟着米玛的车,在阿里狂奔了四天。阿里是藏北无人区,是世界屋脊,蛮荒中的蛮荒。这条路上,什么都没有,却满眼都是风景。四天之后,他们到达塔钦。

塔钦是冈仁波齐神山下的一座小村庄。总共没几户人家。但它是朝圣者们进出神山的必经之地,也是转山的起点和终点。

9月仍是转山旺季,到了10月,阿里地区就会大雪封山,车和人都进不了,所有转山的人都将离去,连动物也绝迹。神山复归宁静,只与冰雪相伴。

赶在大雪之前的9月,来转山的人依然很多。旅馆并不好找。米玛带着莫依楠转了好几家,都说客满。无论如何,他们都得找个地方住下来,做最后的休整。

终于找到一家小旅馆,老板说,还有两个床位。拿了钥匙带他们去看房。这里的旅馆和客栈都是最近几年新造的,所有的门看上去都一模一样。老板打开其中一间,有四个铺位,两个已经卖出去了,还有最后两个铺位,问莫依楠要不要。

"这怎么睡?"莫依楠说,"我们需要两间房,男女总要分开来睡吧。"

那老板狡黠又略带不耐烦地一笑,说:"你们汉族女人就是弯弯肠子太多。我告诉你,这里海拔已经四千八百米,都快接近五千米了,不要说让男人爬上你的床,就是爬你身上去,他也干不了那事儿。只管放心吧。这里可是神山脚下,不是你们灯红酒绿的大城市。在这里睡觉,就只是睡觉,不会有什么别的事儿发生,想发生也发生不了。"

莫依楠无言以对,都不知道该说些什么。天色已慢慢黑下来,估计再去找,也不一定会找到空房。事已至此,只得将就住下。可是,她不知道另外两张床铺上会住进来什么样的人,想想多少有些别扭。

老板拍着胸脯说:"另两张铺位都是女的,出去了,待会儿就回来,你们正好结个伴,一起去转山。"

莫依楠放下心来,说:"那就这样吧,先住下来。"无论如何,能有一间屋子可以栖身,有一张床可以睡,总比露宿荒原要好。

那老板亲自掌厨,烧了几个素菜,做了一高压锅米饭。这里的米饭都得用高压锅煮,海拔高,开水烧到八十摄氏度就沸腾,米饭要是用电饭煲来煮,只能是半夹生的。但那天用高压锅压出来的米饭,也仍然没有熟透。为此老板表示歉意,说他过于心急了,怕他们饿,着急就把锅盖揭开,少焖了一会儿。但莫依楠没有计较,在这种地方，能够吃到饭，已经很感激了。

老板渐渐热情洋溢起来，看上去性格开朗又豪迈。他说，他并非当地人，和别的商贩一样，都是从外地过来的。他的老家在甘孜草原那边，和米玛原来算是半个老乡。他说，最初他也是一个驴子，在偶尔的一次旅途中，闯进阿里这片无人区，又来到这座神山脚下，完全出于对神山的敬仰，后来索性跑到这天高地远的地方来做生意，也是不容易的。而且一年到头也就只能做这么几个月的生意，到了10月份，他就要回老家去了，明年再过来。

莫依楠问他去转山了吗？

那老板说："当然转了，马年转山一圈，相当于常年十三圈，今年我已转三圈了，还想争取在9月底前，再转上一圈，这样，我就相当于转满五十二圈了。"

莫依楠忽然对他心生敬畏，由衷地佩服他："你真够虔诚的！"

老板说："作为一个佛教徒，我们最大的夙愿莫过于能够到冈仁波齐来转山，要是能够转满十圈，即可在五百轮回中免受地狱之苦，而转百圈者便可升天成佛，永世免除轮回之苦。"

莫依楠说:"你想转满一百圈?"

老板说:"是,到这里来做生意的人,好多都是为了来转山的。"

莫依楠笑了笑,说:"那祝你早日成佛。"

老板说:"那两个女房客来了。"

莫依楠回过头去,看见门外进来两个风尘仆仆的女子,一个年长些的三十五岁左右,穿着土黄色的冲锋衣。另一个看不出年龄,好像要年轻一些,穿着大红的冲锋衣,那鲜艳热烈的红色和她脸上的忧郁形成一种鲜明的对比。

老板向莫依楠做介绍,称年长的那个叫"青师兄",另一个是青师兄的师妹,大家便都称她"师妹"。她似乎并不太愿意做自我介绍,只是静坐在一旁,保持静默。

莫依楠觉得有些奇怪,青师兄明明是个女的,却被他们称之为"兄"。但她又立即明白过来,大概他们都是信佛之人,对佛家子弟来说,男女都可以师兄相称。

青师兄的身体精瘦到近乎干瘪,应该是个长年吃素之人。她坐在莫依楠身边,有一股清寒空灵之气直逼过来。

老板骄傲地说,青师兄已经是第三次转山了,这次可以带着莫依楠一起进山。

终于遇到一个转过山的人可以带着自己。莫依楠一颗悬着的心放了下来。置身神山脚下，没有比这更令她觉得宽慰的事了。

提到转山的经历，青师兄说得极平静，莫依楠却听得七上八下。青师兄说："今年是马年，来转山的人特别多。山上本来住的地方就少，人一多，根本就没地方住。有些人上山都是自备帐篷，而有些没带帐篷又找不到住处的，就只能连夜赶路。但神山上气候多变无常。有时候在炎热的夏天，一阵冷空气起来，山上也会突然降雪，或者来一场暴风雨。遇到这样的突发天气，有的人扛不过寒冷，就会冻死在路上。也有体力不支而高反，晕倒在路上病死或饿死的，都有。神山上还有许多野狗，白天时它们都比较温顺，或走在你前面，或跟在你后头，它们从不对人吠叫。但一到天黑，人的体力会变得衰弱，这些野狗会在夜里突然变回本来面目，类似于狼性的一面会出现，对着失去力量尤其对气若游丝的落单的人，会发起攻击。当一群野狗同时向一个人发起攻击，那个人最后会变得尸骨无存。也有人问，要是一个人死在山里，没人收尸怎么办。其实在神山上，这根本不是问题，人只要死了，立即就会有秃鹫成群盘旋而来，不到半小时，尸体也就荡然无存了。不过，对于我们佛教徒来说，能够死于转山途中，灵魂即可升入天堂，也是一件有福之事。而对于徒步冒险的游客来说，要是发生这种事，却是一场灾难。因此，我想对你说，要是你心中没有信仰，只是去徒个步、挑战一下自己的体能什么的，我劝你还是放弃，没必要去冒这个险。"

莫依楠的心吊到了嗓子眼上。在山上找不到住处怎么办？饿了怎么办？冷了怎么办？出现高反症状怎么办？遇到野狗攻击怎么办？……太多的未知令她害怕。但青师兄立即劝慰她，说看她面相应该是个有福报的人，不至于出现不测，除非她自我放弃。

为了缓解莫依楠的害怕和紧张，青师兄告诉她，在半山腰有座"止热寺"可以住宿，青师兄认识寺里的活佛和喇嘛，可以带她去那寺庙里住一夜。青师兄还说，刚进山那一段路手机会有点信号，但到了止热寺之后，所有信号和网络都不会再有，寺庙里没有电，相机和手机都没法充电。

莫依楠双手合十，谢过青师兄。老板还给了莫依楠一个电话号码，是叫救护车用的。要是在还没到达止热寺之前出现高反症状，可以赶紧打这个急救电话，会有救护车上山来救人。但要是过了止热寺，手机就没信号了，就算有信号也没用，救护车只能开到止热寺那一段，再往上就是乱石堆和窄小的山路，车子根本无法上山。老板对莫依楠伸了伸大拇指，他的意思是，那就要靠你自己了，或者是，看你的造化了。

从神山脚下开始到止热寺的路程是十八公里，需要徒步的全程五十七公里。也就是说，十八公里之后，要是再出现高反症状或遇到任何危险，就只能听天由命了。

青师兄又叮嘱莫依楠，第二天从止热寺出发，尽量越早赶路越好，争取一口气翻过卓玛拉山口，然后一口气下山去，这样两天时间就可以转完神山，回到塔钦。千万不要认为体力不够，把两天的转山计划分成三天完成，这样反而不会轻松，只会更累。因为人在山上留宿的那两晚，你根本得不到充分休息，高海拔会让人睡不成觉，你只会躺在那儿白白耗尽体力，到了第三天你可能连走路的力气都没有了。况且山上天气恶劣无常，在山上停留的时间越多,危险就越多。

说不害怕是假的。然而,莫依楠已完全被一种去冒险的刺激心理所控,另外,还有一种来自爱情的正能量也在操控着她,让她变得勇往直前。即将出发去冒险的念头,就像风帆一样鼓满了她的心房。那个瞬间的莫依楠,心里一直想着K,同时,也奇怪地想到了"死而无憾"这个词。

可就在当晚,莫依楠却出现了高反症状。先是感觉头痛、胸闷,然后就是呕吐。整个阿里地区都是用发电机,夜里十点过后,电源就被切断。在黑乎乎的夜里,根本没办法去找医生帮她输液。吃了大把抗高反的药,并没产生作用。最好就是吸氧。但半夜三更的哪儿去弄氧气罐?

米玛早已睡死过去。幸好有青师兄和她的师妹帮忙照顾。她们把户外用的小手电筒打开,房间里立即如鬼灯般闪闪烁烁。青师兄起床,无声地消失于夜风中,大约过了半小时之后,不知从哪儿搬回来一个氧气罐。

莫依楠已吐得泪流满面。开始时,她拒绝吸氧,说自己能熬过去,一定得熬过去。

但终究没能熬过去。到了凌晨时分，氧气更加稀薄，莫依楠的脸都变紫发青了。青师兄建议她在这种情况下必须吸氧，不然真会出事的。只能先吸氧，走一步是一步。

吸上氧气的莫依楠，脸色慢慢好转，但整个人却陷入一种悲绝之中。她担心一旦吸上氧气，连山脚下的缺氧都适应不了，又如何去对抗更高的山上的环境。

接下去那几个小时，青师兄和她师妹也沉睡过去。莫依楠一个人醒着，闭起眼睛，怎么也无法入睡，毕竟睡在海拔四千八百米高的床铺上，她的心跳仍在加速，虽然没有剧烈的头痛和胸闷，但也浑身难受、呼吸很难保持通畅，总感觉一口气接不上来。只能靠意念去拼尽全力让自己安静下来，尽快进入睡眠。

夜幕紧紧闭合起来，犹如在低头沉思。可能实在是困倦了，莫依楠终于睡了过去。那一觉睡得很恍惚。仿佛一直醒着，又仿佛一直在梦中。她感觉她的身边睡满了人，她们的身体睡在被窝里，额头落在并不干净的床单上，或枕在自己的胳膊上，每个人都静静地呼吸着，深长地，不安地。她听见她们，却看不见她们。明明都睡在被窝里，睡在坚实的屋顶下，而她却恍惚感觉她们睡在无人区，头顶着冰冷的天，身体下方是荒凉的地。她和身边所有的人都卧倒在荒无人烟的黑夜里，奄奄一息，等待着灵魂被收走。她看见无数的魂魄在飘荡，犹如星星在茫茫的夜空中闪烁。意识游走。突然有人拍打莫依楠的脸，轻声唤她醒来。是青师兄叫醒了她。

莫依楠挣扎着睁开眼睛，恍惚间不知道自己置身何处。只觉得异常疲惫，精神涣散。似乎刚一入睡，即被唤醒，身体在默默造着反。可是，稍稍过了一会，莫依楠的精神就开始恢复，仿佛被施了魔法，又仿佛刚从死中醒来。她用刺骨的冷水洗了把脸，从未有过的神清气爽，她相信一定能够顺利转完神山。

莫依楠跟着青师兄出发了。

进入山口，天气晴朗，抬头便可看见被白雪覆盖的冈仁波齐主峰，就像一顶壮观的大银冠，凌空而起，直指云霄，峰顶旗云缥缈飞扬，有着唯我独尊的气派，更似被冥冥间的气息所笼罩，梦幻神圣如大佛。仿如从天外横空飞来。

莫依楠的激动和兴奋是可想而知的。一条蜿蜒的山泉在山脚下无声地流淌，她们沿着溪水而上。来自世界各地的朝圣者经过她们,也有藏传教徒从她们身边五体投地叩着长头跪拜而行。

开始走的是一段长长的沙石路,路况倒很平坦,越野车都能开上来,海拔也在五千米以下。因此,一路自我调息均速地行走,莫依楠和青师兄她们都没有分开。大概走到十公里左右,莫依楠就明显感觉头晕目眩,胸闷乏力,开始上气不接下气。走几步就想坐下来休息,但又不敢坐,怕一坐下来,就再也不想走。只得站在原地,进行一番自我调息,再继续走。但走不了几步,又会觉着喘不过气来。

海拔逐渐在升高。望着前面盘旋无际、一条不知通往何处的不见绿色的沙石路,莫依楠在心里直打战。"蜀道难,难于上青天",莫依楠觉得眼前的这条转山之路,比上青天还难。由于体力逐渐跟不上,又缺氧,整个人的情绪变得焦躁不安。高原的日照又猛烈地射击在莫依楠身上,仿佛在抽干她身上的所有水分,同时也狠狠地抽走她身上的全部力气,让她失去信念,失去所有,失去所有正能量带给她的勇气。

接着,莫依楠开始拉肚子。浑身的乏力和难受让莫依楠真想大哭。而后面的路会越来越艰难，海拔也会越来越高，全程五十七公里，还没走到十公里，她便已崩溃。

风呼啦啦吹着，摇摇晃晃的莫依楠终于对自己说，不去了行不行？回去可不可以？当她的意念随着身体的摇晃而摇晃时，瞬间涌出好多条理由来说服自己放弃。这时候回头还来得及，不然到了山上，没路没车没信号，死在哪儿都没人知道。

那时的青师兄还走在她身边，问她："怎么样，要继续往前，还是往回撤？"

必须做出决定。要是再往前，万一出现不测，就叫不到车了。现在回去还来得及。

莫依楠刚拉完肚子，胃里又咕噜噜开始乱搅，身体已虚脱，双腿沉重酸痛，犹如灌满了铅，只想坐下去，躺下来，从此不动。

莫依楠闭上眼睛，立即浮现出K的身影。她咬着牙，低下头去，看着自己的双脚，新买的登山鞋已风尘仆仆，沾满了灰沙。忽然她两眼一热，鼻子发酸，随之而来的一股倔劲突然就涌上来，说话像宣誓："继续走，走到走不动为止，走不动也走，走到死也要走。"

青师兄说:"好样的,那你先坐下休息,休息好了再慢慢走,我们先行一步,天黑之前我会在止热寺等你。"

接下来的路,就得靠自己一个人走了。莫依楠默默地对自己说。

转过了几个弯,虽然置身神山中,却有很长一段路,根本看不见神山主峰的真面目,它被其他山脉挡住了。再次看到它的时候,又是一个完全不同的角度。莫依楠每次都会在停下来休息的时候,静静地看向神山,仿佛一种意外的收获或者馈赠。

有人说,能够看到神山真面目的人,是有福的。莫依楠置身山中,以不同角度又以如此近的距离仰望神山的时候,她心里洋溢着满满的幸福和感恩。她的意志力终于还是战胜了她的体力。一个人走走停停,停停又走走,大概又坚持了四个多小时,终于看到一座横跨溪流的石板桥,桥两旁的栏杆缠满绚烂的经幡,经幡上竖着一块木牌子,上面写着"止热寺,由此进"。莫依楠往桥的左边拐进去,沿着指示牌的方向一直往前走。明明看到有座寺庙就在前面不远处,可是,却走啊走啊,总是走不到。又不敢坐下来休息,怕这个时间一坐下来,就再也不想走了。蔚蓝的苍穹已置换成朦胧的金红色。夕阳的余晖照射在神山主峰上,如一顶冉冉升起的金碧辉煌的皇冠,又如一尊开光的大佛临空而立。

寺庙在莫依楠的左前方,神山主峰在右前方,莫依楠一步一扭头,大口喘着气终于走到止热寺入口。意志力再也撑不下去,知道走到这里,想丢也丢不掉了,哪怕她再也站不起来,也会有人出来看见她,把她救起。当意志力开始崩塌,身体也便一下子失去支撑,双腿一软倒在山坡上,面朝神山,让自己沐浴在夕阳的光辉里。仿佛照在莫依楠身上的光,是从神山上直接泼洒下来的。佛光普照。

莫依楠只听得见盘旋着的山风和自己的喘息。她的身体直挺挺地躺在地上,动弹不得,只剩呼吸。

夕阳把天空变成绛红色的海洋,眼前的神山变得模糊起来。莫依楠的眼前有一种很不真实的感觉。仿佛置身天上,又似乎在遥远的汪洋,感觉自己变成了一小粒灰尘,一切的一切都是微不足道的。她像看见了海市蜃楼。眼前的神山就如一座肃穆庄严的庙宇,里面住着神。它就在天堂,在茫茫汪洋,又分明在她面前。

莫依楠想起一头豹子。在另一座神山上。是海明威写的小说，叫《乞里马扎罗的雪》。她没到过那座叫乞里马扎罗的山，据说被称为"非洲屋脊""非洲之王"，海拔也在五千多米高。那座山的西高峰和冈仁波齐峰一样，终年积雪不化，它被非洲人称为"上帝的庙宇"。海明威在他的小说开头这样写那只豹子：

在西高峰的近旁，有一具已经风干的豹子的尸体，豹子到这样高的地方来寻找什么，没有人做过解释……

以前的莫依楠每次读到这里，就没想明白，那头豹子为什么会跑到这么高寒的地方去送死？她知道它当然不可能为了去觅食，在这么高寒的山巅，没有任何食物，连空气都是稀薄的，豹子不会那么笨。那么，它为什么会跑这么高的山上去？

此刻，躺在神山上的莫依楠忽然便明白了。这种内在的被召唤的精神力量，或许只有到了一定的"境"上，才能够豁然领悟，才能够去真正懂得。

青师兄像个巡逻员，当她第三次走出止热寺的时候，便看到了躺在山坡上的莫依楠。看到青师兄,就像遇上了组织。莫依楠疲软之极的身体又恢复了一点力气,她努力地站起身,跟着青师兄走。

止热寺里的房间很小,简陋到了无以复加的地步。房里有三张单人床,除了床之外,一无所有。不过,比睡帐篷总要多出些安全感,毕竟它是用钢筋混凝土建造起来的屋子。莫依楠就和青师兄她们住一个房。

放下背包,青师兄带她去寺庙里逛。寺庙还在修建中,依傍着山坡一排排往上建,每一座屋子都正对着神山主峰。青师兄告诉她:"在这种地方修行一天的功德,相当于在别处修行一年。"虽然这个说法多少有些虚无和玄幻,但莫依楠完全同意。她无意于谈论宗教,但她对神灵的存在已深信不疑。在这里,神绝不是虚无的。它不是彼在,它就在此地。莫依楠已强烈地感受到神的存在。眼前这座如庙宇般巍然而立的神山之王,是奇迹,也是神迹。神迹是人无法揭秘的。唯有膜拜。

止热寺的活佛,就是青师兄的上师。从青师兄的言谈中完全可以感受到,她对上师的虔诚等同于神。由于她的安排,她们所住的房间,免收一切费用。但青师兄对莫依楠有个建议，寺庙还在修建，在这种地方修庙太不容易，让她随缘乐助，也算是尽自己的一份微薄心意和对寺庙的一份贡献。莫依楠当然十分愿意。这也是她和这座寺庙的一份结缘。

登上庙殿的台阶很陡，大概有二十来级，每往上爬一步，就不得不停下来大口喘气。喘气时不能仰面朝天，只能低头看地，不然更会头晕目眩。那种感觉犹如在登天梯。

终于进入殿内，没有坐的地方，只能站着休息一会。在青师兄的指引下，莫依楠向着释迦牟尼佛像五体投地跪拜。她第一次在海拔五千多米高的神山庙宇里如此虔诚地叩长头，三十个，还是五十个？她已记不清楚了。她的心里空空，毫无杂念。以为自己仅剩的体力会在不断的叩长头之后消耗殆尽，直至虚脱，直至死去。

然而，竟然不觉得累，心神清明。仿佛冥冥中获得了一股神力。然后，又跟着青师兄去更高处。在庙宇的顶部，有一个岩洞，仅可容一人猫腰进入。据说，好多高德大僧都曾在这个洞穴里得道成佛。只要有缘进入此洞穴去参拜的人，都可免去轮回之苦。

洞口窄小,莫依楠折腰而入,几乎是爬进去的。仅有的一点点光线,是从洞外射进来的。刚进入的一瞬间,根本看不清内部的任何东西,只是黑乎乎一片。她跪下身,用双手摸着地往前爬行,大概爬摸两三步光景,她的双手忽然碰触到一团物体,分明是人的气息,只听那团物体跪伏在地,在泣声中呢喃:"我就来了,你等等我。"

吓得莫依楠差点尖叫出声,她立即捂紧嘴巴。回过神来,才知是青师兄的师妹!这个时候的莫依楠,眼睛已适应了幽暗的洞穴,但仍惊魂未定。她无声无息地向四周合掌拜了拜,便先爬出洞外,那师妹仍一个人留在洞里。

走出神殿,天色已暗,呈现眼前的冈仁波齐峰已是一个模糊的轮廓。莫依楠好奇地问青师兄,她师妹到底要去哪里?

青师兄说得禅意重重:"她从来的地方来,要往去的地方去,人各有路,人各有命。"莫依楠没听明白,也没时间再问了。忽然从寺庙外冲进来一个藏族女人,怀里抱着个孩子,她说的是藏语,有点神经质般语无伦次。莫依楠听不懂她在喊什么，但知道她是跑进来向人求救的。

喇嘛和登山者们都慢慢围拢来。有懂汉语也懂藏语的喇嘛迅速将那藏族女人的孩子抱过来。他说，那孩子感冒了，在微微发烧。

都知道在这缺氧的高原上感冒会迅速引起肺气肿，那是会要命的病。喇嘛说，孩子还在呼吸。赶紧抱到用牛粪烤着火的炉子边。热水很快有人送上来。但那孩子紧闭着小嘴，显然已在昏迷中，一点水都喝不进去，脸色灰青。

所有人都屏住呼吸。有人拿出感冒药和补品，也不知道是否可以救那孩子。谁会想到，转山途中居然会遇上这么小的一个孩子。他才一岁零五个月。

眼前十万火急的事，便是将孩子送进山下医院去抢救。但时间根本来不及。哪怕有架直升机，也还是来不及。

十分钟后，孩子停止呼吸。那藏族女人从喇嘛手里接过孩子，低下头去，仍紧紧抱着。直至活佛闻声赶来，再三试探孩子的呼吸，最后确认是死了，那女人才突然放开喉咙，一阵号哭。在场所有的人都默默流下眼泪。

活佛和喇嘛就地为那孩子念起了"往生咒"。人们纷纷点起酥油灯,双手合十,默立在那位怀抱着刚刚死去的一岁零五个月大的孩子的母亲身边。这是所有当时在场的人所能表达的全部心情。

莫依楠跟在青师兄身后默然往回走。猛抬头,看见满天繁星,密集如白色灰尘。她不禁惊呼出声。同时,她也听到有人在轻喊:"看吧,这就是银河系,星星就像满天雪花在空中飞。"

在这静谧的夜里,莫依楠奇怪地想到"空花道场"四个字。

也有冒险转山的摄影发烧友,穿着羽绒服,戴着户外头灯,在空地上架起三脚架,默默无声地试着将这神奇的星空拍摄下来。

仰着脖子,站在夜里。高原的缺氧令人窒息。星空神迹般的美,是另一种窒息。然而,山中的夜奇冷无比,莫依楠的身体坚持不了多久,急急回屋去。

屋里没有灯。热开水只有一壶。十块钱一暖壶。一个房间只允许买一壶。她们谁也舍不得喝,第二天转山时要带着,那是要用来救命的开水。洗漱就统统免了。

饿了随便咬几个饼干，吃上几块巧克力，便脱了外套上床睡觉。但实在是冷，又把外套全都穿回去，再钻进被窝里，还是冷。

由于寒冷和缺氧，莫依楠又是整夜没有睡着。青师兄在她入睡之前，在床上打坐，也不知她是何时睡去的。那师妹是什么时候进房的，莫依楠更是没注意。整夜都是黑灯瞎火的。她感觉与她同房的两个女子，一个像道士，一个像幽灵。

山上的气温变化无常。在后半夜，刮起一阵狂风，风声怒吼着，在空旷的山中漫无边际又空前绝后地袭涌。狂风过后，噼里啪啦下起豆子般的暴雨，响声很大也很重，也许是在下冰雹。雨或者冰雹肆意下着。天亮之前就要出发。这路还能走吗？莫依楠拒绝去想，只要闭上眼睛一想起来，就会有深深的恐惧和绝望。只能紧闭双眼，拼命拒绝去想。氧气不够，头痛胸闷到窒息，对此时此刻的莫依楠来说，每一分钟都是折磨，每一分钟都是煎熬。

凌晨五点半多，莫依楠从迷糊中睁开眼睛，也不知自己是否睡着过。青师兄和师妹已经整装待发。莫依楠和衣下床，打着冷战。夜里太冷，所有的厚衣服都穿身上睡觉，起了床也没衣服可以加，只是戴上围脖和帽子。

在暖壶里放了一夜的开水，已经变成了温开水，但总比冷水要好。喝上几口，随便就着吃些干粮和巧克力。再各自往保温杯里灌满温开水，出发。

临出发之前，青师兄再三叮嘱她们，出了门就是又陡又险的乱石坡，被人称为"地狱坡"。大约有十公里这样的路，要尽量坚持一口气往上爬，不要过多地停留，直冲顶到五千七百米的卓玛拉山垭口，就往下坡走了。要是一口气冲不上卓玛拉山垭口便崩溃，可能就会永远过不去。因为，那段被称为"地狱坡"的路，事实上并没有路，全都是乱石堆。万一出了什么事儿，急救车到不了，飞机也飞不上来，手机仍然没信号。是否能够顺利走过那段路，全靠你自己。

走出止热寺，冷风呼啸着直往身体里灌。天黑得伸手不见五指。满天的星星都躲了起来。也不知夜里下的那一场到底是雨还是雪。地上积了一层薄薄的冰。莫依楠跟在青师兄后面，每走一步都如履薄冰。开始时，她们还自然而然地手挽着手，一起相伴着艰难前行。但走上乱石坡的时候，根本没法相互搀扶。差不多七十度的陡坡，要在参差不齐的乱石之间绕行，好多时候，都无法直立行走，不得不弯下腰去或者趴下后攀着岩石往上爬。手摸在结冰的岩石上，冷气隔着厚厚的手套直往手心里钻，莫依楠的心里一阵发怵。刺骨的寒冷又让她清醒地意识到，在这种情形下，不能允许自己出现半点差错，要是一不小心脚下打滑，完全有可能人仰马翻、滚下山去。只能一个人靠着自身的力量，一点点往前和往上挪移。也不敢扭头朝身后看。她的身后是一片黑咕隆咚看不见底的陡壁，若是从这里滚下去，谁都不会知道你滚向何处。你只会在一声凄惨的叫声之后，从此销声匿迹、荡然无存。

爬行了一段坡路之后，莫依楠和青师兄她们便渐渐分开，在黎明前的漆黑里，她们看不见对方在哪里，谁都管不了对方，也不指望谁会来照顾你。每个人只能靠自己。

好在是个晴天。除了从雪山上刮过来的一阵又一阵凄冷的风，没有下雨，也没有下雪。曙光慢慢照亮了神山。

终于迎来了白天。

莫依楠感觉自己的身体渐渐热起来，手脚也灵活了。只是喘不过气来，浑身冒着烟。也不知休息了多少回，但都只是稍做停留，不敢坐，怕一坐下去就真的起不来。

走过一段更陡峭的坡道，前面出现一条曲曲绕绕的羊肠小路，拐过几个弯，忽然便撞见日出。日出时的神山，光芒四射，令人目眩神驰。莫依楠瞬间就被眼前的景象感动。真想高声欢呼，却没有欢呼的力气。感恩之情只在心底暗自涌动。

莫依楠很想与人分享此时此刻的感动，却四顾茫然，仿佛一个失散了的人。身边不时有转山的圣徒，口中念着六字真言，经过莫依楠时，会对她投去疑惑的一瞥，便匆匆超过她，走向前方。他们个个身穿拖地藏袍，却走得很快，就像平时穿着布鞋在小区或大街上的闲庭信步。

海拔越来越高。卓玛拉山口一抬头就可看见。它就在眼前，但就是走不到。永远走不到。永远就差那么一大截。莫依楠的心里渐渐开始焦躁和不安。坡道又开始变得窄小陡峭起来。她的心跳一直在加速，血液涌上来，头晕、目眩，要是身边有块空地，可以躺下去，莫依楠想，她可能会躺着永远都不想再起来。但是，她咬咬牙，还是要坚持爬上去，越过卓玛拉山口。

很多个瞬间，有个念头突然就跳出来：不走了，坐下来；或躺下去，真的走不动了。莫依楠的身体摇晃着，眼前的景物摇晃着，她只想倒下去，想死的心都有。但又有一个声音在对她说：赶紧走，别停下，坚持，再坚持！

要是一口气爬不上卓玛拉山口，有可能就要永远留在这里。莫依楠不想留在这里。她还不想死。那么，只有往前走。坚持。坚持。再坚持。

莫依楠觉得自己的身体就在崩溃边缘，仿佛随时就可消融。然而，她咬咬牙，三步一停地走着。要是身边有只蜗牛在爬，她相信那只蜗牛的速度一定比她快。但好在，她一直在坚持，没让自己倒下去。

终于，看到一大片舞动的经幡，莫依楠的眼前一亮，她意识到这里就是传说中的卓玛拉山口，心都快跳出来了。站在五千七百米高的山口，激动是在所难免的。可是，她强忍住，没有哭。哭是需要力气和元气的。

抵达这座山口，本身真是奇迹。这在以前，莫依楠从未想到过，但今天却走到这里。她觉得她自己也成了奇迹。她对着神山跪下去，带着膜拜的心。满山的经幡，呼啦啦飘扬着。经幡的尽头，是一个天葬台。她恍惚觉得，这里已经不是人间。忽然一个熟悉的背影，把莫依楠从恍惚中拉回现实。那个背影是青师兄的师妹，她朝着天葬台方向快步走去。就像在另外一个世界里，突然又找回了一个丢失的亲人。莫依楠心里一热，扯开喉咙便喊。但那师妹听不见。强劲的山风把莫依楠的声音吹到了身后。

莫依楠又喊，再喊，忽然便欲窒息，没有力气再喊。她想追上去。可是只快步走了一小段，便气喘得不行。严重的缺氧迫使她退回低处，她实在没有力气再往高处走了。

师妹的身影越来越远，山风扯着风马旗，让她的身影若隐若现。可是，莫依楠真的走不动了，她追不上她。而且，那条通往天葬台的路，并不是必须经过的转山道，她要费那么大劲去那儿干什么。

莫依楠极目远眺，想寻找青师兄。可哪里还有青师兄的身影，都不知道她怎样了，是还没到达卓玛拉山口，还是已经往下山路走了？莫依楠想，无论如何她都得等到师妹回来，一起下山，哪怕能够在一起走一小段也好。

但莫依楠仍然想不通，这种时候的师妹，要去天葬台那边干什么？但莫依楠立即为她找到了答案。她一定是出于好奇。好多来到这里的人，都会出于一种好奇心，又仗着自己有多余的力气，便想去这个世界上最高的天葬台看一看。莫依楠也好奇，也想去看一看，但她实在没有力气。下山的路要比上山的路更长。莫依楠不知道自己还能不能坚持走完。

有好几个转山的藏族人经过莫依楠，对她说："姑娘，这里是山口，风大，不能坐太久，身体会凉下去的，要是在山上得了感冒就完了，快起来走吧。"

可莫依楠还是想再等一等师妹。然而，师妹一直没有出现。

等着等着，忽然有一种不祥的预感，莫依楠想起在止热寺岩洞里师妹说的那句话："我就来了，你等等我。"莫依楠忽地打了个激灵，腾地站起身，使出所有力气，往天葬台方向跑去。

终于到了天葬台旁边，并没有师妹的身影，只看见几个藏族人往山谷那边指指点点,转动着转经筒走回来。

莫依楠抓住其中一个问:"你们见到一个穿红色冲锋衣的汉族姑娘吗?"

那个藏族人用不太熟练的汉语说:"有一个姑娘从那边跳下去了,身上穿血红血红的衣服,不知是否就是你要找的那位。"

"跳下去了?"莫依楠错愕地看着他们,完全不敢相信。

"对,我们亲眼看她跳下去的。"

莫依楠瞬间觉得天旋地转,全身的血液直奔脑门。想冲过去,刚迈开一大步,身子一个倾斜便倒在地上。她想挣扎着爬起来,却又浑身无力,怎么使劲都没用。那几个藏族人把她扶起来,问她:"没事吧?"

莫依楠说:"求你们别走,救救她,她是我朋友。"

他们说:"怎么救啊,她已经死了。"

眼泪就在这个时候奔涌而出。莫依楠说话的声音变得模糊而古怪,她只记得自己不停地求他们想办法救人。

他们用很平静的语气跟她说:"你的朋友肯定已经死了,那个山谷深不见底,你看都看不到她,没办法救的。"

莫依楠还是走到那个深谷的悬崖边上,希望能够看到些什么。对面是风化的岩石和冰雪,风从崖底打着转向上吹,凶猛而阴寒,呛得人无法呼吸。目光所及,除了风和岩石,什么都没有,好像什么都没有发生过,也好像从来就没有发生过刚刚有个人从这里跳下去这么一件事。

那几个藏族人告诉莫依楠,以前也有人跳下山谷去自杀的,只要从这里跳下去,便没人可以回得来。

师妹为什么要跑这么高来送死?莫依楠百思不得其解,然而她感觉到,师妹的自杀一定早有预谋,绝非意外。

莫依楠忽然想:我为什么不去死?忽然悲从中来,双腿一软坐在地上,身子一直抖。

有个藏族人对莫依楠说:"不要哭,你那个朋友已经上了天堂,我们应该祝福她,好好送她走。"说着,他朝着山谷的方向,双手合十,越过莫依楠的头顶,向着空中默念了一段经文。然后,他拉起莫依楠,带她一起下山。

莫依楠一步一回头,心里一直想:我就这么走了吗？我就这么走了？就这么不管她了？可是，莫依楠又想：我怎么管她呢？

那藏族人扶了莫依楠走了一段，也累得气喘。便让莫依楠停下来休息一会再走，并叮嘱她不要休息太久。说完便快步向前走去。

翻过卓玛拉山口，一直都是下山路。莫依楠只知道下山的路比上山的路更长，没想到会更难走，也许是体力透支了的缘故，每往下迈出一步，双腿沉重如铅，总是找不到着力点，仿佛一不小心，人就会向前滚落下去。原来这段路，才是传说中的"地狱坡"。

莫依楠停止悲伤。她没有悲伤的时间，也没有哭泣的力气。此时此刻，莫依楠所有的力气和意念全都用在走路上。一心一意往前走，并不断地提醒和告诫自己，在这里，你只能靠自己，没有人会等你，也不会有人陪你在身边。万一你有意外，连救你的人都不会有。不是别人不救你，而是实在救不了你。

莫依楠回转身，再次望向庙宇般的神山之巅，那里白雪皑皑、威严肃穆，它是永恒本身。世人只能绕着它转啊转啊，至今从未有人攀登过它的顶峰。那么多人历尽千难万险抵达此地，只为转山祈愿，洗涤业障。而有些人，却只愿在转山途中，直接升入天堂。在生命的尽头，这里的人们似乎更加在意永恒。在他们心里装着信仰、天堂和永恒，死亡因此变得意味无穷，甚至丰富多彩，而不再是世俗地理解为单调乏味，是痛苦、是灾难、是不可面对的一件事。

如果说，那段陡峭的"地狱坡"是对莫依楠体力的一种挑战，让她走到几乎绝望崩溃，但她咬咬牙，还是硬拼着坚持走下来了。当她翻过卓玛拉山口，她以为这趟苦行就快结束了。她哪料想，从陡坡下来的那段绕山路，才漫长到令她绝望又绝望。那是比"地狱坡"更艰难的"绝情弯"。那一段路，虽然平坦无险，但却漫长到仿佛永无止境，直接就是对精神和意志力的一种折磨和摧毁。

事实上，战胜遥远和漫长，比战胜凶险更难。每次当她以为，走过这道弯，就会看到塔钦了。可是，绕过一道弯，还有一道弯，再有一道弯，无数道弯弯，走不完的盘山路，让她崩溃无望到想哭。不过，她实在没有力气哭。只是命令自己一直走，一直走。不想死在路上。

就只能走。直走到双腿打战,走到身心俱疲,走到浑身冒烟,走到眼冒金星,走到昏天黑地、天旋地转,走到生不如死。

对莫依楠来说,这一路,漫长如人生。走过这条路,才知道什么叫挑战、耐力和一个人的极限。

晚上八点,两眼昏花的莫依楠,终于回到塔钦。这一天,她又整整走了十四个小时。

终于,平安归来,转山成功。当莫依楠回到塔钦,转身之际已泪流满面。这是她用生命走过的转山路,刻骨铭心的经历。

那天晚上,莫依楠又一次看见神山上出现令人震撼的夜空,繁星似雪,背景是一尘不染的蔚蓝苍穹。大美无言。任何词语都难以表达那晚的夜空之美。唯有带着感恩和敬畏之心,久久仰望着这份大自然馈赠的神迹。仰望时的莫依楠还是会恍惚,自己是不是已经离开了地球?看见的分明是满天星星璀璨,莫依楠却无端端地想到雪花纷纷:

"漫天干雨纷纷暗,到地空花片片明。"

犹如仙境。犹如梦幻。又如"空花佛事,水月道场"。

在幻境般的神迹面前，莫依楠仿佛又看见了那只死去的豹子——那只海明威笔下的非洲豹子，他让它跑到五千多米高的乞力马扎罗雪山上去送死。在那个故事里，海明威又安排小说里的主人公哈里死于一个梦境：他乘着飞机，向非洲最高峰——乞力马扎罗的山顶飞去。

莫依楠不知道在海明威的心里，到底蓄存了多么深厚的绝望，才会这么去设计他笔下人物的死亡。不过对莫依楠来说，海明威在用他的笔和经历帮主人公实施死亡计划的同时，也向她交代了种种合情合理的前因后果。所有的死亡，都不会是凭空而来的。而莫依楠在转山途中遇到的那两起死亡，却纯粹属于空穴来风。她只是遇见，并无参与经历，也没有人口述或者写成文字告诉她，她们在死亡之外的生活里到底经历了什么。

莫依楠原以为回到塔钦就能见到青师兄，可是，她左等右等，一直没有见到青师兄的身影。去问米玛，也说没见到。倒是见到莫依楠顺利回来，米玛的脸上露出惊喜，仿佛莫依楠平安回来是奇迹。

莫依楠终究没能等到青师兄，不知她还在山上，还是已经回拉萨了。莫依楠跟着米玛的车，重返千里之外的拉萨。在回去的路上,莫依楠悲哀地将师妹自杀的事跟米玛说了说,可米玛却并不觉着惊讶,在他听来是一件极其寻常的事。米玛说,在转山路上,每年都会有人失踪,他们是被上帝收走了。

莫依楠很奇怪地想到,要是她在山上万一被石头轧伤走不动,或者渴到没有力气,或者忽然遇到一场暴风雪,或者,走着走着迷了路,或者出现高反症状,或者遭遇野狗攻击……那么,她也将死在转山途中。如果她在转山途中死去,她生命存在的意义又在哪里?虽然在这人世间,冷比暖多,有太多的不尽如人意,但天堂里亦没有人在等她相见。她真的不想就这么死去。至少在这个人世间,还有K在等着她。

上帝终究没有收走莫依楠的生命,而让她活着下山,平安回到了大地。对于莫依楠而言,这无论如何都是一次圆满殊胜的朝圣之旅,她又迎来了新的人生,她还将继续生活下去。

莫依楠回到拉萨的那天,暮色已四合,青灰色的天空下,是空旷的街道,她一个人,慢慢消失在路灯照不到的黑暗里。她的身外仿佛有一层膜,看不到别人,别人也无法真正接近她。她找到一家旅馆住下来。在房间里，她把手机充上电，订了一张第二天最早的回程机票。

手机一充上电，她便迫不及待地给K打去电话。

而电话那头却出现一串语音提示："您拨打的号码是空号，请核对后再拨。"

再打，还是如此。

这怎么可能呢？

K置身网络发达的城市，每时每刻都会有强烈的信号，怎么会打不通呢？

她试了又试，仍然打不通，一直不通。她恨不得连夜就飞回去。可是她插翅难飞，只能坐等天亮。

莫依楠一夜无眠。明明置身房间里，却整晚都有"一个人在苍茫的大地飘来飘去"的感觉。那句话曾经是K说出口的。自从K的母亲远嫁之后，孤身一人的K，从来都有这种"一个人在苍茫的大地飘来飘去"的感觉，直至他遇到莫依楠。他们是两只彼此取暖的感伤的游魂。

在那个夜晚，莫依楠捧着手机，一直拨打K的电话，就是打不通。她设想了千万种可能性，又排除了千万种可能性。然而，她就是没有想到，居然会出现另外一种可能性，完全令她措手不及，被一把拽进死胡同里，永远不得回头。她再也回不了头。

莫依楠在恍恍惚惚又疑虑重重中，从白天飞到天黑，终于赶回他们的出租屋。

房东心平气和地告诉她，K已经飞去澳大利亚。临走之前，K这么交代房东，他把房租交到这个月底，要是莫依楠想继续租住，下个月就由她续交租金。如果莫依楠不想租，那么下个月开始，房东可以将房子租给别人，反正他不会再回来住。

再没有比这消息更令莫依楠崩溃的了！她天旋地转地奔向他们的房间。房间虽然小，曾经在这里，充满她和K的缠绵往昔。然而此刻呈现在她眼前的却是空寂和冷清。莫依楠拉开柜门，里面只留下几件她自己的衣服，还有两双鞋子。所有K的衣物全部消失。

怎么会这样？

为了爱情，为了能跟K好好过下去，她不惜以生命的代价去换取一个正常的有尊严的自己。

而K却残忍地选择了离开。

K为什么会不告而别？

这个疑问像刀子，直插在莫依楠最疼的心尖上。

她那么爱着K，她以为，不管这个世界发生了什么事，K都不应该对她如此绝情。现在，她连知情权都没有。然而，这份痛苦和绝望已如此残酷地摆在她面前，令她痛不欲生。她想到了死。还有什么理由让她继续活下去？然而，她死不瞑目。

胃里空空，却不觉得饿，莫依楠想喝酒，只想喝酒，疯狂地想喝酒。可是，房间里没有酒。K本就不好酒，而莫依楠为了K已立誓戒酒戒瘾。在这间出租屋里，他们从来就没沾过一滴酒。

可是，现在的莫依楠，就是想喝，喝死拉倒。她噔噔噔地跑下楼去，买来几瓶金酒，这种酒在酒吧里也被称为杜松子酒。莫依楠曾经无数次地喝过这种酒，辣味烈性又廉价。只要喝上两杯，就能立即上头，令人沉迷，甚至出现幻觉。

那晚的出租屋里，不时传出惨烈的哭笑和酒瓶子破碎的声音。那个上了年纪的房东几次想上去敲门，但走到门口又摇了摇头回来了。这种事情他经历过太多，不管谁抛弃了谁，总有一个会有那么几个晚上声嘶力竭，过几天就好了。何况,离月底也没几天了,月底前,他就会收回房子,另租他人。

喝醉了的莫依楠,一点也不安稳,她开始翻箱倒柜。从自己的行李箱里,翻出来那张活佛送给她的卷轴。她用力拉开绳结,打开那幅画——是几个浓眉大眼的男人和几个丰乳肥臀的女人裸身相抱在一起交媾。那是一幅藏传佛教密宗男女双修时的交欢图。她吃惊地瞪大眼睛,酒醉顿时消去一半。

她把那幅密宗画嫌恶地丢弃在床上。然而,欲望却如洪水猛兽般瞬间决堤。用尽所有意念戒去的性瘾,如魔鬼附体,又回到了她体内。她克制不住自慰的冲动。刚从佛教的清修中学来的那点儿否定欲望的稀薄理性再次被她的肉体嘲弄。

两分钟后,触电一般的痉挛从脚底往上袭击她,她的身体就在那幅画上扭曲摆动,似乎又被某种东西所控制。几次高潮过后,她的神经再度被喂饱。让人眩晕的快感,带着她瞬间脱离失爱之痛。

她很快便找到了同类,并恢复吸食毒品。然而,当她清醒时,仍会觉得耻辱,更深地嫌恶自己。

酒精和毒品，陪着莫依楠醉生梦死到月底。她没钱再续房租。月底那天，莫依楠整理所有的衣物，退了钥匙回家去。那房东在接过她钥匙的时候，看她形容枯槁的模样，仿佛心生恻隐。莫依楠和他告别，那房东却突然一拍后脑，想起来一件事，K临走那天，曾交给他一封信要转交给她，他差点给忘了。对莫依楠说了好多声对不起，忙着跑进屋里去翻找那封信。

看着房东的背影，莫依楠想杀人的心都有。但好奇心促使她耐下心来，等他翻出那封信。虽然，她已不再对K抱任何希望，他都飞去澳大利亚了，把电话和所有的联系方式以最残酷和决绝的方式与她割裂。虽然她并不知晓缘由。但她感觉得到K对她的决裂，就如同在逃离一场可怕的瘟疫。他已不可能为她回头。纵然如此，莫依楠还是想知道答案。想看看信里到底写了什么。

信终于看到了。

小莫：

你母亲和我聊了一个下午，通过她，我知道了你的全部。请允我不能再陪你走下去。对于这座城市，我已彻底心寒、无望。我去澳大利亚了,去接替我母亲和继父的事业。

祝你好。

K.

其实,答案早在莫依楠的意料之中。谁敢娶一个染上毒瘾和性瘾的女子为妻?这也是她瞒着K的原因。只是,她想不通她母亲是通过何种途径找到K的。不过事到如今,这些过程都已经不重要了。

心如死灰的莫依楠拖着行李回到家中。她母亲欢天喜地地迎接她的到来,并煮了一大桌菜,像为她庆贺一样陪她共进晚餐。

父亲照常不在。她父亲总是找各种借口不回家吃饭。她母亲舀了两碗鸡汤,一碗给她,一碗给自己。

莫依楠好久没吃到她母亲烧的菜了。她忽然发现,她母亲身上其实也有很多优点,比如她烧的菜味道咸淡恰到好处,煲的汤火候总能掌握到最好。莫依楠很认真地品尝着她母亲为她做的每一道菜。

莫依楠的母亲孤单了好一阵,终于盼到莫依楠回来,一直忙进忙出，显得异常兴奋。趁她母亲起身又去忙乎时，莫依楠把整包的海洛因全倒进了她母亲的那碗汤里。那是可以致命的剂量。她看着她母亲稳稳地坐下来，端起那碗鸡汤，她心里连丝毫摇晃都没有，直至她母亲把最后一口鸡汤全喝进胃里。

她父亲回来时，发现倒在地上的母亲。莫依楠的身体才开始颤抖，仿佛她此刻才体会到失去母亲的害怕。她颤抖着声音对她父亲说："爸，是我杀了我妈！"

"别瞎说！"她父亲朝她低吼一声，并关紧家里所有的门窗。

那一刻，她觉得父亲瞬间变成了她的同谋。父亲不揭穿，也不追究。她甚至捕捉到了她父亲极力掩饰下的轻松，那是一种如释重负之后的感觉。当然，这种感觉她也同样不能说出，不然就是一种出卖。

莫依楠对她母亲从来就是厌恶多于同情。而她从来没有同情过她父亲，她父亲也没有让她感到过厌恶。她和她父亲的关系，更多的是疏离、互不干扰，不亲爱，也不憎恨，仿如陌路。

简单的葬礼之后，家里出现一种从未有过的奇异的冷清。莫依楠突然有一天脑抽风似的跑到公安局去自首，说她杀了她母亲。

虽然她在自首时说得头头是道，态度从未有过的诚恳。听上去一切都像是真的。它本来就是真的。她在陈述的过程中万般悔恨、涕泪交加，请求对方将她立即关进监狱里去。

但法律不相信眼泪，任何的悔恨和真诚是没有用的。法律只讲证据。没有人证和物证的一切说词，都是无效的。况且，她父亲是医生，轻易就能够证明他女儿的神经有问题，经常性出现幻觉，胡言乱语。

莫依楠竟然对她父亲产生出一种轻微的敌意。这种敌意的形成，连她自己也未曾察观，其实是出于一种女性天然的嫉恨。当她有一次面对面碰到她父亲的那个情人时，她忽然有一种冲动，居然渴望像她母亲生前那样破口大骂，但终因词穷而收口。但一种说不清来由的嫉妒和醋劲在她心里使劲搅动。

莫依楠不想面对她父亲。这个家对她来说，形同虚设。没有温暖，没有人味，甚至连个让她嫌恶的人也没了。一切都是空的。空到令人心慌。

莫依楠拿走她父亲给她的所有的钱，又回到了她常去的那家酒吧。在那家酒吧的洗手间里，她对着马桶自慰，吸食海洛因。过后，仍是感到自己的恶心。在那个晚上，瞬间的羞愧和耻辱汹涌而至。在这个世界上，实在没有任何事物再可以令她留恋和向往了，她唯一需要去做的，只欠一死。

莫依楠用她母亲的手机，拨通了报警电话。

这一次，她学聪明了。不是自首，是报警。

根据报警电话所提供的地点和人物，警察很快在酒吧里找到了莫依楠，并在她身上搜出她用全部积蓄换来的可卡因和摇头丸等毒品。

莫依楠终于如愿以偿，把自己关进了监狱。她将双手交给警察的时候，仿佛把一切交了出去。当她走向通往监狱的那条路，仿佛虔诚的圣徒踏上了通往神山的朝圣之途。那是他们的终极之地。